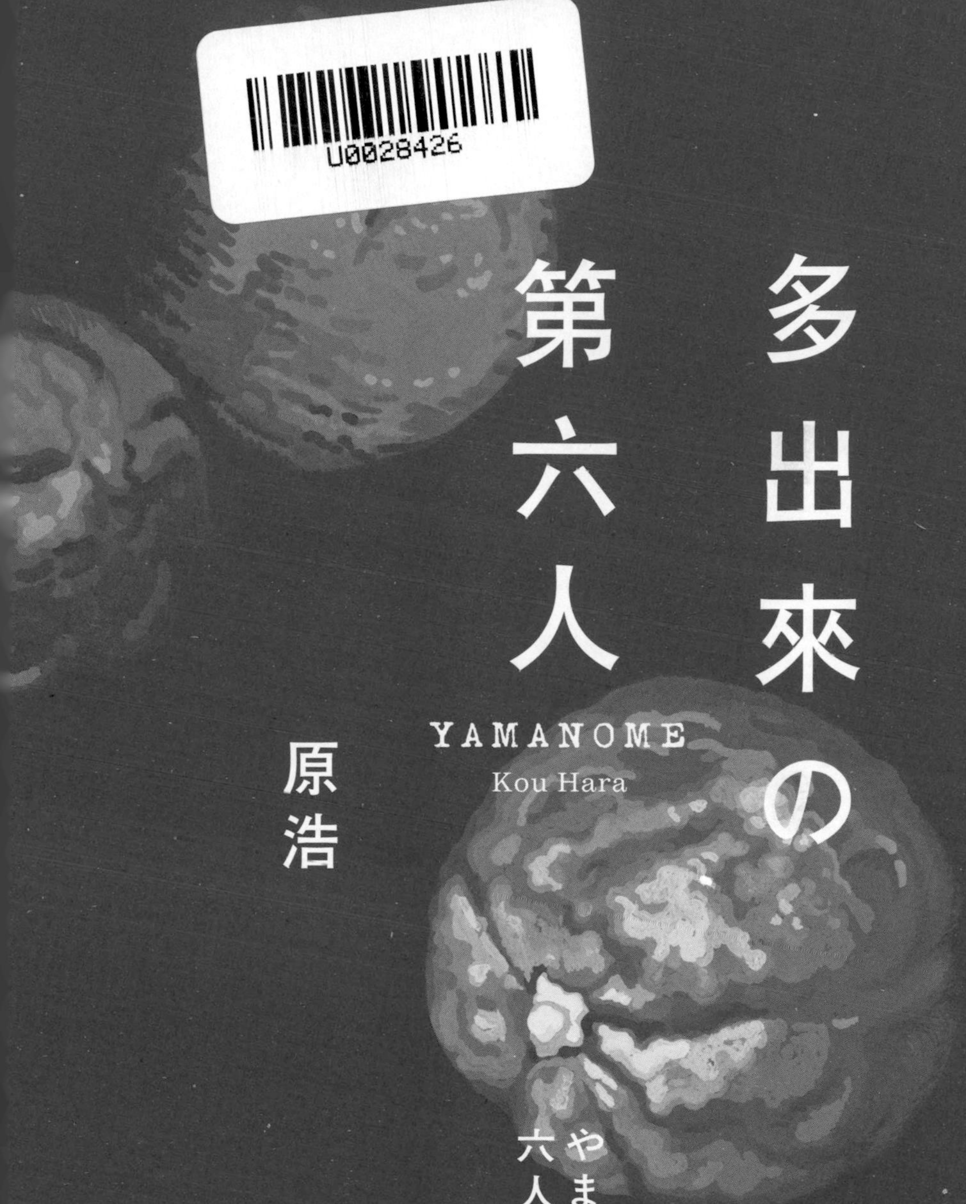

多出來の第六人

YAMANOME

Kou Hara

原浩

やまのめの六人

邱香凝 譯

目次

灰原之章

「你還活著嗎？喂……喂喂！」

不知道喊了幾次，山吹終於出現反應，像要撥開眼瞼似的慢慢睜眼。好像還活著。他臉上夾雜困惑，朝我投以空洞視線，呻吟般低喃：

「你是誰……？」

「喂，你沒事吧？」我看著山吹的眼睛。「是我啊。」

山吹眨了幾次眼，意識很快恢復清醒。

「是灰原老弟啊……」他這麼回應。

我從破碎的擋風玻璃之間問他：

「動得了嗎？」

這男人——山吹一個人被留在翻覆的汽車副駕駛座。這輛剛才還在山路上疾馳的黑色小型汽車損毀嚴重。後車門被壓扁了，前擋風玻璃受撞擊碎裂，少了一大半。此外，還有一棵樹幹插入後行李廂。隨土石流倒塌流下的樹幹撞破後擋風玻璃沖進來。

全身沐浴在混了泥沙的雨水中，山吹的臉又濕又髒。花白的頭髮貼在前額。身上穿的黑西裝也濕透，底下的襯衫緊黏在身上。

「……發生什麼事了？」

山吹撐起身體，不知是否哪裡疼痛，臉皺了一下。碎成顆粒的擋風玻璃碎片紛紛從他臉頰掉落。

「發生土石流，車翻了。你真的沒事嗎？」

山吹淡淡一笑點頭。「嗯，沒事……只是脖子有點痛。」

我轉頭對後方的男人說：

「應該沒事。」

紫垣坐在離車稍遠處的一塊大岩石上，顯得非常不高興。眉頭皺得更緊，一臉厭倦的樣子盯著灰撲撲的山頭。

紫垣這男人個子高大魁梧，手臂粗壯，胸膛厚實。或許因為全身肌肉隆起，即使和我們一樣穿著黑西裝，看起來卻不太搭調。深邃的五官，有可能混了外國人的血統。這樣的外表肯定很吸引異性。我們對彼此的背景所知不多，不過，紫垣性格殘忍兇暴，這是毋庸置疑的事。

紫垣抓起叼在嘴裡的香菸，吐出一口摻雜慵懶嘆息的煙。

「哪邊？」

我不懂他在問什麼。這男人總是寡言。

「什麼哪邊？」我如此反問，紫垣對我投以不耐煩的一瞥，再次開口：

「沒事的是哪邊？山吹還是東西？」

「……到底哪邊比較重要？」

「這還用問嗎。」紫垣丟掉菸蒂，再次深深嘆氣，像在說他受夠了這無聊的問題。「當然是東西。」

我苦笑著重新轉向山吹。

「你聽到他說那種話了吧。」

「不愧是紫垣老弟。」山吹仍蜷縮在扭曲變形的副駕駛座上苦笑，拉鬆脖子上的領帶。

這個頭髮花白，有點年紀的男人，在五人之中最為年長。或許因為歲數的關係，他和紫垣不同，思慮周到，個性穩重，明辨是非。紳士般的態度也很有親和力，看得出他受到周遭信任，頗有人望。

我望向綁在山吹左手腕上的鐵絲鏈。這條鐵絲鏈的另一頭，繫著一個硬鋁製手提箱。這就是紫垣口中的「東西」。車子都撞成一堆廢鐵了，這個小手提箱卻毫無損傷。

放棄從車門下車的山吹舉起手提箱，用堅硬的邊緣敲擊汽車前翼板邊框，把殘餘的玻璃敲掉。我抓住他伸出來的手，將他從副駕駛座拉出來。他撥開消氣的安全氣囊，爬出車外。

山吹一手拿著硬鋁手提箱搖搖晃晃起身，朝撞爛的車看一眼，苦笑說道：

「哈哈……這還撞得真誇張。」

我也聳聳肩回答：

「現在不是笑的時候吧。」

「抱歉。你說得對，這狀況不該笑的。」

「是啊，笑不出來。不過，我們還算走運啦。」

我這麼說，朝車子指了指，山村一看皺起眉頭。

車子停在說是懸崖也不為過的斜坡邊緣，這地方沒有護欄，眼前的地面凹下一個大洞，露出底下的土層。瀑布般的雨水從道路邊緣往下流。只要再前進一點，車身就會掉落崖底，車上所有人都會喪命吧。這不叫幸運，什麼才是。

「一點也不走運。」紫垣低沉的聲音這麼說。「車爛了，又被困在這種深山裡……真倒楣。」

剛才那陣豪雨，雨勢已經減弱，現在變成了毛毛雨。夾帶濕氣的強風轟轟打在我們身上。暴風雨才經過一半，雨很快就會再下大。這一帶，道路兩旁沒有遮蔽視線的樹木，背著陡峭的山腹，眼前是開闊的景色。然而，映入眼簾的只有濛霧中的山峰與地表外露的紅土。沒有看到半戶人家。

「紫垣老弟，你受傷了嗎？」山吹問。紫垣搖搖頭。

「沒有。」

「那臉何必這麼臭呢，白白糟蹋了帥氣的長相。你坐的那塊石頭是落石吧？光是這顆石頭沒砸上車頂都值得慶幸。現在就為我們的走運開心一下吧……你也這麼認為吧？」

山吹撩起灰白的頭髮，對我笑一笑。

「嗯……」我一邊回答，一邊望向車子。雖然沒被岩石砸到，但插進了一根樹幹。

哼。紫垣發出嗤笑。「……那傢伙可就沒這麼走運了。」

紫垣努了努下巴。一個男人躺在半毀壞的車後方。

山吹走過去，發出驚訝的聲音。

「這不是白石老弟嗎？他死了？」

那被稱為白石的男人臉如蠟像，毫無血色。雖說他原本就是膚色蒼白的人，仰臥在泥濘中的灰色皮膚怎麼看都屬於屍體。紫色的嘴唇抿成一直線，臉頰腫脹。與膚色形成對照的，是白石額頭上紅褐色的血跡。在雨水侵襲下，血還沒有乾透。從傷勢看來，頭部有大量出血。

「倒楣的傢伙。」紫垣站在我和山吹中間，雙手插在褲袋裡，低頭俯瞰白石的屍體。慵懶的語氣繼續說道：「……他被壓在車底下了。」
山吹表情肅穆，摸摸自己的臉。
「為什麼他會在車子外面？」
「好像是窗戶破掉時飛出去的。」
「從窗戶？翻車的時候啊？他沒繫安全帶嗎？」
「誰知道。」
「怎麼會這樣，太可憐了……很快就沒呼吸了嗎？」
「應該是當場死亡。」紫垣不耐煩地回答。「從車子底下拖出來時已經死了。」
山吹凝視屍體，凝重地皺起眉頭，又赫然想起什麼似的，轉頭看我。
「其他兩人……緋村老弟和紺野老弟呢？他們也死了嗎？」
「還活著喔。」我這麼回答。死的只有白石，其他人都沒事。
「他們人呢？」
「沿山路往前走下去看前面狀況了……畢竟後方已經變成那樣。」
我指向道路後方。原本車子走過的細窄山路，已經完全埋在土石堆下。
紅土上流過幾道血管般的水流。
「路被埋沒了。」山吹說出眼前看到的景象，我點點頭。

「對。這場大雨大概造成地質鬆動，想沿原路退回去是不可能了。」
「……太精采了吧。不但有人死了，還困在這裡動彈不得。」
山吹雙手撩起頭髮，啐了這麼一句。
不符季節的大規模颱風直擊本州，天亮前下起的暴風雨，將這條翻越山頭的道路變成濁流。儘管路面有鋪柏油，車在路上前進時看來就像在溯溪。載了這幾個男人的車，勉強行駛於蜿蜒的山路上。
就在即將開上山頂時，一陣地鳴聲響。道路兩旁陡坡上的土石一邊推倒樹木，一邊朝車頂崩落。加快速度的車輛雖然逃過土石流的直擊，其中一根被土石流掃倒的樹幹卻從後方撞上。我清楚記得當時的情形，車身猛烈翻覆，沒因此喪命真的該說是好運。
事故發生後，勉強還能移動的我和一起逃出車外的緋村看見死於車底的白石。這時，車內的紫垣和紺野各自清醒著，兩人都因腦震盪而有暈眩症狀。我將兩人拉出來。山吹是最後一個留在車內的，不過他也醒來了。
「喂——」聽見呼喊的聲音，抬頭一看，兩個穿黑西裝的男人正從路的前方走下來。是緋村和紺野。走在前面的紺野雙手交叉，歪著蓄鬍的嘴，發出刺耳的尖銳聲音連珠砲說：

「不行不行，那邊的路也斷了。這下真夠慘了。繼續走或往回走都沒路，哪都去不了。」

聽到這個，紫垣嘟噥：

「……斷了？什麼情形？」

「斷了就是斷了啊！簡直就像大太郎法師一個不爽把路踢斷了一樣，路只到那裡就忽然沒了。道路坍方啦。沒跟著被捲下去已經算不錯了。」

「大太郎法師？」紫垣疑惑眨眼。

「你不知道什麼是大太郎法師？日本古老傳說中的巨人啊。」

「誰知道啊。」

「……話說回來，今天雨下得這麼大，這條路又這麼小耶？更別說還要翻過這個『魔之山巔』，我從上山時就開始擔心了。還說什麼走這條路最適合，根本不是吧。早知道就不該聽白石那傢伙胡扯。」

「路，不能用走的過去嗎？」

「不是走不走得過去的問題，你自己去看看啊紫垣。更何況車都壞了。是說用走的又能怎樣，你以為用走的能走多遠？我們現在頂著暴風雨，又不是來野餐的。在這種大雨裡偏離道路走進山裡試試看啊。這裡可不是八甲田山欸，只會落得所有人凍死山中的下場啦。」

紺野劈哩啪啦說了一通。他在這群人中話最多，嘴巴也賤。外表看起來應該跟紫垣差不多年紀吧。態度輕浮，腦袋不太好的樣子，不過，應該是個表裡一致的人。

紫垣露出不耐的表情，嘖了一聲。

「……別再尖叫了，你是娘們嗎？」

「你再說一次？」

「夠了。」介入兩人之間的是緋村。「我明白你們的心情，但焦慮也解決不了什麼……再說，提議翻過這座山頭時，你明明也是贊成的吧，紺野先生。還誇口說自己很熟這附近。」

理虧的紺野搔搔頭。「……對啦，是這樣沒錯。可是，我哪知道下了雨路面會變成這樣啊。」

緋村看了看從車內脫身的山吹，問他：「你沒事吧？」

「嗯。」山吹微笑回應，舉起左手的手提箱。連在上面的鐵絲鏈發出哐啷哐啷的聲音。

緋村也回以微笑。

「箱子沒事，山吹先生也沒受傷，太好了。」

「我是沒事……」山吹臉色一沉，望向屍體。「可是白石老弟他……」

緋村點頭，低聲說：

「是啊，可憐的白石先生……好像是汽車翻覆時摔出去了。受到土石流撞擊，窗玻璃都碎成了那樣。」

「聽說他被壓在車底？」

「對。」緋村點點頭，看了我一眼。「……我和灰原先生一起推開車子的，那時就已經斷氣了。」

我點點頭。緋村說得沒錯，我們兩人一起推了翻覆的車子。那時，白石已經喪命。他應該是當場死亡了吧。

山吹低頭喃喃：「這樣啊……真的太遺憾了。」

「問題是之後該怎麼辦。太陽下山了，很快就要天黑，道路坍方的話，表示不久之後可能會有人來。」

「問題就出在這裡。」

「是啊，人一來，事情就麻煩了。」

「唔嗯，怎麼辦好呢……」

山村和緋村交換了一個凝重的視線。

「要現在馬上離開這裡嗎？」紺野用那尖銳的聲音問。

緋村搖頭。

「不用這麼趕也沒關係。之後風雨會更大，到颱風離開前，至少今晚警察和消防隊都不會上來。可是，天一亮應該就會趕來了。」

「這麼說來，還不是得趕快走。」

「是啊，不過，正如剛才往前看到的，要走這條路翻越山嶺已經是不可能的事。就算掉頭，從這裡走回城裡還有一大段距離。再說，在沒有照明的暴風雨中徒步前進非常危險。最好能先找到代步工具。」

「代步工具啊……要是能弄台四輪驅動就好了。」紺野面有難色，望向埋在泥沙裡的道路。

緋村也看著眾人開來那輛殘破不堪的車與土塊崩落的山。往前走幾步，抬頭仰望天空。彷彿伸手可及的烏雲，正以驚人的快速飄過。緋村似乎正在思考對策。眾人的視線也自然聚集在緋村身上。

過去五個男人已經為了討論而見過幾次面，但彼此關係並不親密。我對緋村這個人知道的也不多。年齡的話，大概四十多吧。似乎擅長動腦，雖然沒有人真的稱他為隊長，這男人實際上算是扮演這個角色。

「有人聯絡得到外面嗎？我的手機似乎收不到訊號。」山吹低頭看著自己手上的手機這麼說。

紫垣默默搖頭。他的手機好像也沒有訊號。我則是原本就沒有手機。緋村單手掏出手機，凝視半晌後歪了歪頭。

「我的也不行呢……紺野先生呢？」緋村問。

紺野尖銳的聲音回答：

「剛才試了一下重開機……」

紺野一邊回答，一邊頻頻用手指戳那個裝了看似相當堅固鋁製保護殼的手機螢幕。凝視發出霧光的液晶畫面一會兒，也是搖頭。「我的也連不上。大概是受到土石流災害的影響。」

臉頰感覺到什麼冰涼的東西。抬頭一看，暗褐色的烏雲終於逼近頭頂。繼續這樣下去，被雨淋濕也討論不出什麼來。我環視眾人一圈後說：

「好像要下雨了。總不能一直站在這裡吧？」

聽了我的話，紺野得意地回答：

「喔喔，關於這點，紺野大哥我或許可以解決喔。剛才找到了。」

「找到什麼？」我這麼問，紺野指向道路前方。

「繼續往下走，雖然這條道路坍方了，坍方處前還有一條斜出去的岔路。雖然是沒有鋪柏油的爛路，但寬度可容一輛車開過去。我和緋村兩人沿著那條路前進了一半，看到盡頭有建築物，應該是民宅。」

「是喔，這種深山裡也會有民宅？」山吹懷疑地問。紺野喜孜孜地點頭：

「很久以前的事了，不過這座山另一邊曾有個村子。從那邊延伸過來，山頂這裡也有不少戶人家。現在因為整個村子都沉到水庫底下了，這一帶沒落冷清，但是還有一部分民宅保留下來，形成一個別墅區。畢竟山上紅葉很美嘛。我猜，我們看到的那棟建築就是其中一棟別墅。現在離紅葉時期還早，這種颱風天也不會有人特地上來玩，裡面一定沒人。」

「你怎麼知道？」紫垣問。

「什麼為什麼，這裡也是我老家啊。我在車上不是說了很多次嗎？你都沒在聽喔？」

「誰理你。」紫垣別開頭。

「我跟你說啦，我小時候——」

「停！」緋村快速打斷紺野。「說到這裡就好。我們最好不要知道太多彼此的事。」

紺野撇了撇嘴角。

緋村說得沒錯。包括我在內所有人，最好都不要知道太多彼此的事。

「總之，應該能去那間屋子躲雨，先移動再說吧。也得討論今後的事該怎麼辦。」

眾人一齊點頭贊同緋村。就在這時——

「你們沒事吧——？」

我們朝聲音的方向轉頭。斜坡上，兩個穿黑色雨衣的男人正朝這邊走來。

紫垣嘖了一聲，瞪著紺野：

「哪裡沒人了？」

「不是啊，剛看那屋子沒點燈……」

「這下麻煩了。」紫垣不耐煩地嘆氣。

走在前面的小個子男人睜大眼睛：

「可真是嚴重的事故啊。」

男人雖矮，隔著雨衣也能看出他體格健壯，肌肉發達。粗壯的脖子上，有張宛如捏緊的拳頭般粗獷的臉。後面跟上來的高瘦男人正好跟他形成對比。高瘦男人有著幾近病態的白皙皮膚和凹陷的臉頰，兩個窟窿般的眼窩裡，精光四射的眼珠令人印象深刻。兩人看上去都差不多三十多歲。

「車子被土石流捲入……」緋村回答那個男人。

拳頭臉的小個子男人驚訝地注視崩塌的泥沙。

「哎呀，這可傷腦筋。這裡果然也這樣了……有人受傷嗎？」

「這個嘛……」緋村低垂視線。

高瘦男人指著撞爛的車旁低聲說：「大哥。」

躺在那裡的是白石的屍體。

那被稱為「大哥」的拳頭臉看到屍體，發出「啊」的驚呼。

「這、這個人昏迷了嗎？還活著嗎？」

緋村搖搖頭，問拳頭臉：

「叫得到救護車嗎？手機好像沒訊號就是了。」

「這個嘛……」男人為難地回答。「差不多兩小時前就沒訊號了。因為停電的關係，家用電話也不通。」

「停電了嗎？」

「兩小時前，從我家再往前面一點的路崩了，好像把電線扯壞了。剛才也是聽到劇烈聲響，才和我弟過來察看。沒想到這邊也崩了啊……總之，不管怎樣還是得想辦法聯絡消防隊。」

屋子裡沒開燈，是因為停電了。

高瘦男人走向白石的屍體，腳步快得不太客氣，腳上的雨鞋嘩啦嘩啦踩著水窪，不算少量的泥水就這麼濺到白石臉上。

山吹和紺野互看一眼，視線困惑。

高瘦男像是並不介意，蹲下來檢視白石的臉，也摸了摸他的手腕。一會兒，他朝這邊搖頭。他的拳頭臉哥哥面色鐵青，倒抽一口氣。

「死了……嗎？真可憐……」

「有沒有能和外界聯絡的方法？」

拳頭臉轉頭回答緋村：

「只能等到明天早上了。道路坍方的事，應該不久就會有人發現……」

這時，朝撞爛的車看一眼，弟弟對哥哥投以驚訝的視線。哥哥繞到翻覆的車頭，低聲發出「哇喔」的叫聲。

山吹露出不解的表情。

「……遇到這種狀況，各位還能平安無事，真的很幸運呢。」

男人們自稱姓金崎。矮個子的哥哥叫一郎，過瘦的高個子弟弟叫二郎。外表一點也不相像的兩兄弟。紺野和緋村發現的房子，果然就是他們家。

「總之，趁雨還沒下起來，先到我們家避一避吧。」一郎這麼說。

「感謝相救。」緋村向他低頭道謝。

「其他幾位有受傷嗎？」

我回答「我們都沒事」並向他道謝。如一郎所說，現在只能先去他們家避難了。緋村和山吹朝彼此點頭。沒有方法聯絡到外界，對我們來說反而幸運。

「白石老弟的遺體怎麼辦？」山吹朝屍體望去。

我們面面相覷。

紫垣冷淡嘟嚷：

「放在這不就好了。」

「那怎麼行呢？」緋村用嚴厲的視線看紫垣。

「要我扛屍體的意思嗎？」

無視紫垣不滿的語氣，緋村問一郎：

「方便先把他搬到府上嗎？」

一郎點頭說：「當然可以，連遺體一起搬過來吧。」

一郎使個眼色，二郎便回頭往來時的小路跑。或許要去開車過來搬運屍體。

「會是四輪驅動嗎？」紺野嘟嚷。

緋村和山吹交換了一個若有深意的視線。意思是「這下說不定能獲得『代步工具』了」。

一郎說，這一帶沒有其他人家。雖然附近土地都是金崎家所有，除了這條翻山道路外，沒有其他路可通往山腳。繼續前進雖然可到紺野說的別墅地區，可能找得到人來幫忙，但距離太遠，現在天又快黑了，以這條路目前的狀況來說，徒步移動也很危險。

山吹顯得坐立不安。解開左手腕上的鐵絲鏈，忽然把手提箱塞給我。

「怎麼了嗎？」

我這麼問，山吹一臉困惑地掏摸自己西裝內袋，接著又摸了摸腰上的皮帶，皺起眉頭：

「……工具不見了。」

我不懂他在說什麼。

「什麼工具？」

我這麼問，山吹傻眼地說：

「工具就是工具啊……可能在車裡。」

山吹跨步走向汽車，我也跟在後面。只見他把頭伸進破掉的擋風玻璃內，左右察看前座。

「沒有嗎？」看到這狀況，緋村似乎察覺什麼，從後面問。

山吹打開手機裡的手電筒，照亮後座確認，似乎仍沒找到他要找的東西。車身周圍只散落碎玻璃，沒看到其他事物。

「喂喂，你們這樣很危險，快離開那邊。要找東西等車子移動之後再找比較好。」一郎皺眉提醒。的確，地質鬆動的現在，地面什麼時候會崩坍都不知道。「……到底在找什麼啊？」

「不是啦，我工作要用的重要工具。不過，還是放棄好了。」山吹回頭用開朗的聲音回答一郎。

「……沒找到嗎？」我小聲問，山吹走到車子旁，往山崖底下看。

「可能是翻車時掉下去了。」

我站在山吹身邊往山崖底下看。土表剝落的陡坡被下方的杉樹林吞沒，就算想下去也找不到可以立足的地方，無法下去找他的工具。

「咦？這是……」一郎突然發出驚訝的聲音。

一郎看著剛才紫垣坐的那顆石頭，似乎感到意外。這顆落在道路旁的圓形岩石，約有一個成人的軀幹那麼大。一郎蹲下來，用手撫摸岩石表面，高興地說「果然是

『御眼大人』」。

「御眼大人？」緋村這麼問，一郎抬頭看土石崩落，露出底下土層的山。

「這是原本在那上面高地上的道祖神喔。我們家都稱祂為御眼大人。」

「你是說這顆石頭嗎？」

「是啊，大概是跟著土石流一起掉到這裡來的。」

「這是您府上的東西啊？」

「怎麼可能是我家的東西呢。只是從以前就一直立在我家附近的樹幹下。原本以為被崩落的泥沙埋住……哎呀，能找到真是太好了。」一郎展現笑容。

紺野蹲在那顆石頭旁，好奇地撫摸岩石表面。一副很感興趣的樣子聊起天來：

「這應該是歷史很悠久的道祖神吧？上面還有刻字，或許是古文字。在這一帶，道祖神很常見，但這個應該很珍貴喔。不過，萬一砸到車子，可是會把車子壓扁的呢。被道祖神砸死，惡人遭天譴，簡直像是什麼廉價小說的題材。」

「道祖神？」紫垣低聲問。紺野回答：

「你不知道喔？道祖神就是路旁之神。守護人們不受惡靈或瘟疫的侵襲。在這一帶，有很多這樣的道祖神。」

「……不就是普通的石頭。」紫垣面無表情地凝視道祖神。

紺野得意地發表起演說：

「或許看在你眼中只是普通的石頭啦，柴垣。道祖神的設計可不只限於神像喔，你看這邊，岩石表面刻有文字吧？這叫文字碑。」

我也湊上去看。不仔細看看不出來，紺野指出的岩石表面確實以纖細的字體刻著一串文字。

「這是韓文吧？」一旁探頭過來看的山吹說。紺野搖頭。

「看起來很像韓國文字，但是不一樣喔。這叫阿比留文字，是古時候的文字。漢字傳來日本之前日本人使用的文字，又稱神代文字。是說，古代文也有很多假的，不過這個應該貨真價實。阿比留文是古代對馬豪族傳下的文字，現在對馬一代還有很多人姓阿比留。沒錯，也有人指出這種文字和韓文的關聯，不過我的看法是——」

「不、紺野老弟，夠了。」山吹苦笑打斷他。

「真驚人，你知道得比我還詳細。」一郎瞬圓眼睛看紺野。

「沒有啦，我老家也在這附近。」紺野笑著回答。

我身邊的緋村一臉無奈，山吹則傻眼地撇下嘴角。

一郎伸手撫摸道祖神說道：

「我也不知道這上面寫的是什麼。只有這裡刻的地名是日文漢字……各位看，這個部分。」他指著碑文的最後一行。

山吹瞇起眼睛凝視文字。「……真的耶，只有這裡是日文。」

聽見喀啦喀啦的聲音，回頭一看，穿著雨衣的金崎二郎回來了。只見他推著下田用的一輪推車走下斜坡，原來不是回去開車過來啊。

紺野發出難以置信的聲音：

「喂喂，該不會要用這個推白石吧？」

從這邊望過去，二郎的手臂看起來還真長，彷彿兩根彎彎曲曲的觸角。用這兩條細瘦手臂推推車的模樣，看起來像隻詭異的昆蟲。二郎把一輪車停在我們中間後，就用「接下來不關我事了」的表情退後一步。一輪車整體沾滿泥土，貨台內側黏著不知道是爛泥還是油漆的紅褐色物體。

「請把那個人放上去吧。」一郎若無其事地用下巴指了指白石的屍體。

紫垣不悅地轉移視線。

我看一眼緋村，他微微點頭，像在說「也沒辦法」。

山吹看著我和紺野。

「灰原老弟、紺野老弟，能請你們把白石老弟抬上去嗎？」

紺野嘆了一口氣。「我說啊，憑什麼……」

「拜託了。」山吹合掌請求。

我繞到靠白石頭部這一側，從兩邊腋下抬起他。紺野抓起兩條腿。我和嘴裡仍在不斷抱怨的紺野一起抬起白石的屍體。屍體莫名沉重。無力的頭顱倒在我的襯衫上，傳來濃濃血腥味。踉踉蹌蹌勉強抬起他，以仰躺的方式放在一輪車上。小小的貨台無法完全容納白石全身，膝蓋以下和上半身都突出來，形成往後仰的姿勢。

「真是的，又不是在泡澡。」紺野這麼嘀咕，這一幕看在他眼中似乎相當滑稽。

我也覺得這狀況有些令人莞爾，因為聚集在這裡的都不是什麼好人。看上去稍微正經一點的，頂多只有緋村和山吹。

雨勢愈來愈大，雨點滴滴答答打上地面。

「動作快，我們家就在前面。」

金崎兄弟大步向前。將手提箱再次仔細繫上手腕的山吹跟上前，然後是緋村。載有屍體的一輪車由紫垣負責推。我和紺野殿後。

「看，就是那樣。」紺野指向前方。

前方道路突兀地中斷。沿山崖蜿蜒的道路坍方了。一看就知道，汽車不可能再往前行駛。

「哈哈……這可真不得了。」山吹發出無可奈何的笑聲。

「因為最近一直下雨，降雨量又異常的大。不過，還是第一次發生這種情形。」一郎雨衣下的表情苦澀。

山吹走到崩塌的道路旁往下看。「……確實，就算徒步也過不去。」

「最好不要靠近那邊喔。可能又會再度崩坍。」一郎發出提醒。

「沒有遠路可繞嗎？」山吹回頭問，一郎搖搖頭。

「沒有耶。」

「唔嗯。」山吹抿著嘴唇，從路旁退下。

「雨愈來愈大了，我們快走吧。」一郎率先起身。

道路左側，就是剛才紺野說的岔路。沿著陡峭的斜坡，這條路通往鬱鬱蒼蒼的山林，似乎朝山頂前進。

在金崎兄弟的帶領下，我們走入這條岔路。斜坡相當陡，路面也很崎嶇。到處都有碎石與柏油剝落造成的凹陷，積水就成了水窪。

紫垣推的一輪車發出喀啦喀啦的聲音劇烈搖晃。貨台上白石的屍體不斷跳動，每跳一次就改變一次姿勢。

緋村回頭對紫垣說：

「請小心一點推。」

「路太差了。」紫垣不高興地低聲回答。

「頭在貨台上一直敲，這樣對白石先生豈不是太過意不去。」

「好啦，我知道了。」紫垣不耐地回應。

雨水沿著山頭暴露的土表流下，泥水流進路面。我們嘩啦嘩啦踩著泥水，在陡急的上坡路走了一段時間。

「看，怎麼樣，很有品味吧。」

走在身邊的紺野指向宅邸，語氣簡直就像在炫耀自己家。道路前方出現建築的屋頂，那就是金崎家了吧。奶油色外牆與斜度很大的暗綠色三角屋頂，聳立在坡道上方。看來確實停電中，一盞燈也沒亮。

爬到斜坡盡頭，終於看清建築物的全貌。宅邸建在山林中開闢出的一小塊平坦土地上。遠遠就能看出建築老舊，顯然不是最近新建，應該已有幾十年歷史。包圍宅邸的鐵柵欄和黑色大門也不像有好好保養，到處都看得到紅色鐵鏽。

紺野盯著鐵柵欄說「是不是有熊出沒啊」。

風雨比剛才更大了。宅邸後方的樹林，在風雨侵襲下發出驚濤駭浪般的激烈聲響。雨將森林打得窸窣作響。

「御眼大人原本就立在那裡。」一郎指著某處說。

那是與宅邸反側，離這邊更高一點的山崖一隅。地表露出泥土，看得出岩石似乎就從那個地方崩落。原本立在那裡的道祖神，彷彿俯瞰著這棟宅邸。

一郎打開門，我們依序進入其中。

宅邸前有個大院子，但東西也多。老舊的農耕用具和建材等破銅爛鐵隨處堆放。其中有一部分蓋上了藍色塑膠布，但就連塑膠布也有多處破損。泥土外露的地面上有著深深的車輪軌跡及腳印，裡面積了泥水，雨點打在上面，激起一圈圈漣漪。院子深處還有一個只有屋頂的車庫，裡面也堆滿了東西。一輛白色小貨車像被那些東西埋沒似的停在裡面。這輛車也一樣骯髒，顯現多處生鏽的痕跡。

金崎家雖然老舊，建築本身倒是頗有品味。搭配白色窗框的凸窗、以平板石瓦片鋪成的三角屋頂，很明顯的不屬於日本建築樣式，是一棟西式建築。紺野曾說這一帶有個別墅地區，這棟建築本身雖然漂亮，其中飄散的生活感卻不像別墅。山吹環顧院子，難以置信地縮了縮脖子。

「您一家人住在這裡嗎？」緋村問。

「對，不過也就我們兄弟倆和母親三個人生活。」一郎這麼回答，打開通往玄關的正門。「快把遺體搬進來吧。會淋濕的。」

或許因為老舊的關係，屋簷下的玄關口給人陰鬱的感覺。支撐屋簷的柱子底部龜裂，從裡面也滲出雨水。厚重的玄關正門有著西洋古董樣式的設計，鑲嵌一個青銅色的敲門環。一郎撐開門，裡面一片漆黑。

一郎命二郎去拿燈，二郎就慢悠悠地消失在屋內了。離日落明明還有一段時間，室內已是伸手不見五指。

和放上推車時一樣，我和紺野抱下白石的屍體，搬進宅邸內。白石死去的臉上沾滿污泥，水滴沿著臉頰滑落。

無聲回來的二郎舉起光源照亮腳下。他手上提著的，是一個陳舊的提燈，大概是油燈吧。小小的油燈光量不大，在二郎手上搖晃。

「請小心腳下。」

在一郎如此的提醒下，眾人進入室內。直接穿著濡濕的皮鞋進去，穿過隔開玄關的門後，來到一個寬敞的大廳。挑高兩層樓的天花板很高，掛著一盞大燈，但沒有點亮。靠牆有一道通往樓上的階梯。站在二樓走廊上，想必能俯瞰整個一樓。

房間角落放有燒柴的暖爐。暖爐的耐熱玻璃裡，冒出火焰的柴薪散發赤紅光芒，照亮黑色的木地板。或許多虧了這些暖爐，天花板雖然高，屋內倒是很暖。

大廳地上已經鋪好一張藍色塑膠布。我和紺野將白石的屍體搬過去，讓他躺在上面。這張布用來放一具屍體稍嫌太大了些。一大張塑膠布的中央，孤零零地躺著一具屍體。頭雖然破了，身體其他地方毫髮無傷。光是這樣看，可能不會覺得這男人已經斷氣。人類的性命如此脆弱，我不由得有些錯愕。

不經意地，看見紫垣愣愣站在塑膠布旁，不知道在想什麼，渙散的視線盯著腳邊。

「怎麼了嗎？」

我問他。

「……的屍體？」紫垣緩緩低喃。

他有些心不在焉。

「什麼？」

我反問，紫垣雙眼依然停留在屍體身上。

「紫垣先生？」我再問了一次，紫垣像嚇到似的肩膀顫動。游移的視線望向我，眼白裡摻雜了混濁的黃土色。

「怎麼了嗎？」

「……沒有。」紫垣冷淡轉身，背對這邊。

一郎拿來一條骯髒的毛毯，攤開蓋住白石全身。站在遺體前，一郎雙手合十。

與雜亂的院子不同，室內出乎意料整潔。烏黑的地板擦得發光，東西也擺放得相當整齊。中央有一張大型餐桌，從保留了天然的形狀看來，應該是未經拼接的整塊原木桌。兩側各放有四把椅子，總共八張椅子圍繞著桌子。金崎兄弟說他們一家三人居住此處，對小家庭而言，這餐桌的尺寸未免太大。桌上放有老舊的銀製燭台，粗大的蠟燭閃爍不可靠的微光。我們接過一郎拿來的毛巾，圍在暖爐旁擦拭頭髮。

「真是辛苦各位了呢。」一郎皺著眉頭。「天已經黑了，明天救援就會來了吧。」

一郎說的話，令緋村和山吹表情複雜，交換了一個眼神。

「道路坍方的事還沒人知道嗎？」緋村問。只要有人知道這裡發生了土石流，警察很快就會趕到了吧。一郎搖搖頭。

「坍方才剛發生不久，就算有人發現也通報了，不等颱風經過，應該不會有人來喔。」

一郎站起來往牆邊走，打開放在架子上的大台收音機電源。混著雜音的含糊聲音正播報著颱風消息。

『……初步估計，十六點前已下了一小時超過一百二十毫米的猛烈大雨，氣象局發布更新紀錄的短延時強降雨特報。已登陸的十五號颱風之後仍會以緩慢速度北上，以關東、甲信越地區為中心，恐有暴風、大浪及大雨的可能。今晚至明天早晨，請民眾嚴防土石流災害，待在安全場所。』

紺野發出苦笑。

「聽到了嗎？說要嚴防土石流災害啦，看來我們是太慢聽到新聞了。」

往窗外一看，夜晚已經降臨。風聲增強，強風下的雨滴持續不規則地打在窗玻璃上。這個慢速前進的颱風似乎還沒離開關東地區，接下來天氣想必還會惡化。呻吟般的風聲中，傳來烏鴉的叫聲。

大家都默不吭聲收聽廣播。還沒有聽到關於這個地區發生土石流的報導。颱風的訊息結束後，開始播報今天發生的事故及事件新聞。從老人身上取走現金的兩名詐騙集團車手遭到逮捕。因賄賂遭逮捕的前議員遭判有罪。本日下午，五名強盜闖入珠寶行搶劫後於大雨中逃脫。

一郎看著窗外叨叨絮絮：

「以前還用過無線對講機之類的，現在是大家都用行動電話的時代了。可是，這種緊急時刻就會聯絡不上，在這種深山裡也束手無策。」

「住在這一帶的只有府上一戶嗎？」紺野這麼問。一郎點點頭。

「是的。剛才也說過，從坍方那條路往下三公里左右有幾間別墅，可是要去的話也只能等天亮後。」

「這裡不會有警察來巡邏嗎？」緋村問。

一郎歪著頭說：「不曉得耶。畢竟是完全沒有交通流量的山頂啊。」

我們點頭表示理解，一郎朝山吹解開鐵絲鏈後放在腳邊的手提箱投以一瞥。

「各位來這邊是因應工作所需嗎？」

一郎問。緋村回答「是的」。

「我們因為工作的關係，正要前往S市。」

聽到這個，一郎露出詫異的表情。

「這樣的話，走高速公路不是比較好嗎？翻過這座山頭得繞不少遠路吧？」

紫垣和紺野緊張地視線游移不定。然而，緋村態度鎮定，語氣流暢地回答：

「因為颱風的關係，高速公路上出了車禍，全面停止通行。沒辦法，才改走這條山路的。」

「喔喔，那可真倒楣呢。」一郎同情地皺眉，望向毛毯下的白石屍體。「……結果，你們同事還遇到這種事。」

緋村表情沉痛地低下頭道謝。

「兩位真的幫了大忙，不然我們當時真不知道如何是好。」

一郎笑著說：「別放在心上。是說，我們這破房子也不一定安全就是了。」

「這棟建築物很有歷史呢。」

「只是老舊而已。這房子戰後就蓋了，中間改建過幾次，屋頂的天然黏板岩還是當初的原樣。希望別被這颱風吹跑才好。」

彷彿呼應他所說的話，窗玻璃發出嘎答嘎答的聲響。

「那麼。」一郎站起來。「我去拿點熱飲來吧，咖啡好嗎？也有紅茶……請稍等一下。」

一郎走出大廳。

目送他背影離開後，我們彼此面面相覷。

紺野一屁股往椅子上坐下：

「他說跟母親住在一起，那這個家就只有三個人嘍？」

「唔姆……」山吹環顧大廳，神情帶著狐疑。

「山吹先生，怎麼了嗎？」

「不……這室內還真整潔。地板擦得很亮，連梁柱上都沒有積灰塵。」

「那有什麼問題嗎？」

「我只是在想，一家三個人還能打掃得這麼徹底啊。畢竟不可能僱用大量傭人吧。」

「確實……如你所說。」緋村環顧大廳。

「或許只是特別愛乾淨罷了。」紺野笑著說。

「看到那雜亂的院子，我實在無法這麼想……還有，這污漬又是什麼？血跡嗎？」山吹摩擦桌面上的黑色污漬。

「別說那麼可怕的話嘛。不過，你的心情我明白。這裡有種說不出的詭異。尤其是那個弟弟，簡直就像瘦版的科學怪人法蘭克斯坦。」這麼說著，紺野笑得很樂。

「科學怪人法蘭克斯坦，那什麼？」

「你不知道科學怪人法蘭克斯坦？真的假的？」紺野睜圓眼睛。「……是說，法蘭克斯坦其實應該是製作出科學怪人的人，只是現在大家都直接把法蘭克斯坦當成科學怪人的代名詞了。就是那個臉上有縫合痕跡的方頭人造人啊。我拿來比喻的就是那個。不過，那是環球影業製作的電影裡的造型，雖說後來這個形象就固定下來了，本來應該——」

「囉唆。」紫垣一臉不耐煩地打斷他。

緋村朝一郎離去的走廊看一眼。

「總之，這裡只住三個人的話就沒問題了。也不用擔心他們報警。只是，本來預定今天內要離開關東，現在看來，不到明天早上是很難離開這裡了。」

「這裡也有車。只要開那個翻越山頭就行了吧。」我說的是停在院子裡的破爛小貨車。聽了我的話，紺野發出吃驚的聲音。

「道路坍方了耶？就算有車也不可能翻越山頭啊。只能越過被土石掩埋的地方，走原來那條路回去了。」

山吹像在思考什麼，問緋村：「你有認識信任的人可以求助的嗎？下山回城裡雖然有困難，只要能趁今晚移動到手機有訊號的地方，應該就能聯絡了。」

「是有欠我人情的傢伙，只是……」緋村露出為難的表情搖頭。「離這裡太遠了。再說，對方一定會要求報酬。」

「有夠不爽。」一直沉默的紫垣發出不滿。「……本來人數就夠多了。」

「什麼人數，紫垣，你是在擔心分配的事嗎？」紺野以責難的語氣這麼說。

「不行嗎？」

「已經有夥伴死了耶？這種時候別講生意上的事了吧。你懂不懂什麼是TPO啊、TPO。」

無視這麼嚷嚷的紺野，紫垣對緋村說：

「我想確認一下。」

「確認什麼？」緋村一臉疑惑。

「白石那份不用給他了對吧？」

「也是啦……既然他都死了，當然會變成這樣。」

「那就是把賺到的分成四等分。」

聽到這個，紺野用輕蔑的表情望向紫垣。「什麼都是錢錢錢，真難看……你是要送哪個拜金女喔？」

「女人才要搶著送我錢好嗎。」紫垣板著一張臉。

「喔，是喔，那還真是不好意思咧。」紺野不悅地尖起嘴巴。

「你剛才說分成四等分？」緋村偏著頭反問紫垣。「五等分才對吧？」

紫垣看看我們，以有點微妙的表情訂正人數。

「對喔，是五人啊……這樣我更反對增加分錢的人數了。」

「想想現在的狀況啊，紫垣老弟。」山吹說。「就算收入減少，現在也顧不了那麼多了。」

「……真不爽。」紫垣低聲嘟噥，又立刻像想起什麼似的，環顧大廳後補上一句：「哪都聯絡不上或許才是運氣好。」

「嗯？為什麼呢？」山吹問。

「……我看這個家裡，可能存了不少。」說著，紫垣伸出舌頭舔舔嘴唇。

「你在開玩笑吧？」

「順便嘛。」

山吹一臉打從內心不愉快的表情指責紫垣：「別說那種蠢話。我們跟那種沒用的流氓不一樣。」

「哪裡不一樣？」

「完全不一樣。專業人士會按照預定計畫進行工作。我不容許那種順手賺外快的行為，又不是外行人。」

「……真是老古板。」紫垣繃著臉閉上嘴，把頭轉開。

「小聲一點。」緋村發出嚴厲的提醒。「做任何事都可能發生預料不到的麻煩。山吹先生說得沒錯，我們不該隨便為小事動搖。」

紺野哼了一聲，聳了聳肩說「還小事呢」。緋村環顧眾人。

「這次的任務最艱難的部分已經完成了，眼前的狀況雖然不如預期，但也絕對不到走投無路的地步。」

「是嗎？分明就已經走投無路。」紺野撇著蓄鬍的嘴笑了。

緋村搖頭。

「搞砸工作的人都容易犯一樣的毛病，就是遇到出乎預料的麻煩時迷失了自我，結果自己搬石頭砸自己的腳。可是，在這裡的五人不一樣。這裡沒有那種沒用的傢伙，不是嗎？」

柴垣笑得自嘲，自暴自棄地說「比起死人當然是有用多了啦」。

「……都已經來到這一步了，一起想想看有什麼辦法吧。」

緋村這麼低喃，凝視放在地上的手提箱。

柴火暖爐裡的火焰，在手提箱光滑的表面投射出不規則的橘色火光。眾人皆閉上了嘴，沉默籠罩。只有燃燒的柴火啪啦作響。

每個人想的事情都不一樣。我心想，這裡沒有一個傢伙不搞笑呢。

「久等了。」金崎一郎回來了，身邊還有一個比一郎個子更小的女人。一頭白髮挽成髮髻。

一郎帶著手電筒，一邊走一邊為女人照亮腳下。想必她就是金崎兄弟的母親了。二郎跟在兩人身後，手上端著托盤。上面是幾個冒著蒸氣的杯子。

「這是家母。」一郎這麼介紹。滿臉都是皺紋的金崎夫人向我們點頭致意。以金崎兄弟的母親來說，她的年齡未免太老了點。說是祖母或許還比較自然。

「抱歉給您造成困擾，真的很感謝各位的幫忙。」

緋村再次道謝，金崎夫人搖了搖頭回答：

「不會、有困難的時候、彼此、彼此……」

一時聽不太清楚說什麼，因為她的聲音沙啞又斷續，音量還微弱得像蚊子叫。

一郎從旁解釋：

「家母喉嚨不好，說話很難聽清楚，不好意思了。」

二郎伸長細細的手臂遞出托盤，我拿起其中一個馬克杯。杯子裡滿是黑色液體。

「這是？」我問。

「咖啡。即溶的就是了，這裡有砂糖和牛奶。」一郎回答。

咖啡獨特的氣味刺激鼻腔。紫垣拿了一杯，回到暖爐前。大概是渴了吧，很快喝了一口，像是放鬆了些。紺野在咖啡裡加了砂糖和牛奶，頻頻攪拌之後才喝。

山吹啜飲一口咖啡，露出難以形容的表情。背對一郎做了個難看的鬼臉，若無其事低聲對我說「難喝死了」。

「是不是該加點牛奶？還是直接喝比較好？」我問。山吹苦笑道：「我哪知道啊，你高興怎麼喝就怎麼喝。」

我喝下一兩口咖啡，分不清是好喝還是難喝，總之這液體的溫度非常高。

金崎夫人開口說：「很高興、各位來。因為、住在這裡很寂寞。請好好、休息。」

山吹彎腰鞠躬，再次致謝。

「令郎們幫了我們大忙，也該向您表達謝意，非常感謝。」

金崎夫人以笑容回應山吹的道謝。

「你們、才是幫了、我們大忙。畢竟住在這裡、很寂寞，要是你們、死、死了，對我們來說、就太好了。咖啡，還要再來一杯嗎？」

山吹臉色大變。紫垣與紺野也交換了困惑的視線。

這女人剛才說了什麼？是自己聽錯了嗎？她是不是說「要是你們死了，對我們來說就太好了」？

金崎夫人臉上依然掛著笑容，身體轉個方向，又搖搖晃晃地走了開。二郎像個隨從，跟在母親後面。金崎夫人走到毛毯下的白石屍體前，不改微笑地低頭望著隆起的毛毯。

一郎對著母親的背影說：

「媽，那是過世的人的遺體喔，已經死了。」

「已經、死了、嗎？」

「對喔。」

金崎夫人面無表情回頭，對兒子說了什麼。二郎點點頭，忽然蹲在屍體面前，用力掀開毛毯。白石的頭部露出來，臉上毫無血色，抿緊的雙唇已經變紫。二郎雙手抓住白石的頭扭轉，勉強改變臉部方向，似乎是要讓母親看。

紺野被喝到一半的咖啡嗆到，忍不住說：「……喂，開玩笑的吧？」

金崎夫人打量了白石死去的臉一番，才像滿意了似的點了幾下頭。

「這個、死了、死了呢。」

聲音幾乎可說充滿喜悅，金崎夫人雙手合掌，嘴裡似是喃喃唸佛。我們驚愕地望著這一幕。

「夠了啦，別再玩弄屍體了。」一郎命令弟弟。

二郎放開白石的臉，屍體的後腦勺摔落地面，發出聲響。撞擊力道使白石嘴巴微張，嘴角詭異扭曲，看起來竟像微笑。二郎再把毛毯蓋回原位。

緋村怒氣爆發，狠狠瞪視金崎兄弟。

「對他客氣一點！」

一郎急忙對緋村道歉：

「哎呀，這還真是抱歉……」

就在這時，突然「哐啷」一聲。琺瑯馬克杯掉在地板上，裡面黑色的液體灑了一地。掉下去的，是紺野手中的杯子。紺野踉蹌走了幾步，用牆壁支撐著身體蹲下。

「喂，你怎麼了？」山吹緊張地高聲問。

紺野呼吸急促，眼球朝衝上前的山吹轉動了幾下。

「紫垣先生？」這次換緋村發出驚呼了。跟隨緋村疑惑的視線望去，椅子上的紫垣趴在桌面。緋村又喊了他一次，他卻沒有反應。

接著，蹲在紺野身旁的山吹身子一晃，手撐在地板上。我急忙靠近山吹，把手放在差點倒下的山吹背後支撐。

「沒、沒事吧？」我問。

山吹只回答了「咖啡……」視線不自然地在地板上徘徊。

一郎露出滿意的笑容，用唱歌般的語氣說：

「咖啡好像不合你們的胃口。端出這種『難喝死了』的咖啡，哎呀，真不知道該如何道歉才好呢。」

露出參差不齊的一口骯髒黃牙，一郎咧嘴笑著，低頭睥睨我們。剛才溫厚的態度已不復存在，臉上甚至展現下流的惡意。這才是這男人的真面目吧。掩飾得還真好，我都有點佩服起來了。

山吹身體無力下滑，失去平衡。我支撐不住，他就這麼滑落地板上。

到底發生什麼事了？無法理解狀況，望向緋村，只見他對一郎投以犀利的眼神說：

「……給我們喝了什麼？」

我這才赫然望向冒出蒸氣的馬克杯。

金崎夫人臉上依然掛著那和藹的微笑，慢吞吞地走著，坐在一郎為她拉開的椅子上。

「請、慢慢休息。我好、開心喔。」說著，金崎夫人皺起眼角的細紋。

緋村看著我，小聲問：

「你呢？」

我的身體沒有異狀。回答了「我沒事」，緋村用視線代替點頭。緋村看起來也沒有異狀。就我看到的，他應該沒喝下半口飲料。

「讓倒下的傢伙坐在椅子上，然後用這個銬住他們的手，銬在椅背上。」

一郎說著，往餐桌上拋了什麼東西。燭光下，那金屬製的環狀物發出哐啷哐啷的聲音。是兩副手銬。

「為什麼……？」我這麼問。一郎面無表情回答：

「不准提問。今後你們的行動全部要經過我許可。沒有我的許可也不准開口。」

不知何時，二郎已繞到紫垣背後。抓起趴在桌上的他的頭髮，把頭拉起來。也不知道剛才藏在哪裡，這時二郎右手握著一把又長又大的菜刀。這種俗稱柳刃菜刀的刀子，有著細長銳利的尖端。二郎反手持刀，刀刃抵在紫垣脖子上。身體雖然無法自由行動，但意識似乎仍在，紫垣朝我們流露恐懼眼神。

緋村用冷靜的聲音問一郎：

「你們這是在做什麼？」

一郎冷冷承受緋村的視線，一會兒之後才說「我應該說過不准提問」，對弟弟使了一個眼色。

二郎手中菜刀插入紫垣的脖子，刀尖埋入皮膚，從那裡湧出的血滴答滴答地落下。紫垣口中發出不成言語的呻吟。

「住手！」緋村大喊。「照你們說的做就是了。」

「沒有第二次。我命令什麼就馬上照做。」一郎冷淡地說。

緋村和我一起扶起倒地的紺野，讓他坐在椅子上。接著是山吹。兩人都像斷線的傀儡，上半身無力靠在椅子上。不清楚他們意識是否還清醒，只有眼球虛弱地顫動。

在一郎催促下，拿起桌上的手銬。手銬內側滿是黑色污垢，金屬味中伴隨著一股魚類腐敗的惡臭。我按照一郎指示，先讓手銬穿過椅背，再將紺野雙手往後扭轉，銬在椅背上。緋村也和我一樣，銬住似乎失去意識的山吹。一郎視線片刻不離我們，默默觀看。

這段期間，二郎依然握刀插住紫垣的脖子。紫垣脖子上流出的血，逐漸染紅了他的襯衫。繼續這樣下去，可能會有生命危險。

結束所有作業後，一郎命令緋村：「你也坐下。」

緋村默默坐在椅子上，一郎把手銬丟給我。「把這傢伙也銬住。」

緋村瞪視一郎，眼中燃燒熊熊怒火。視線朝我移動，微微點頭。我立刻跟銬住紺野時一樣繞到椅子後方，將緋村雙手銬上椅背。

這張椅子很大，順著樹枝天然形狀作成柵欄狀的椅背，整體而言重量頗重。就算雙腳自由，被銬在這椅子上就無法隨心所欲行動。

一郎要我也坐上椅子，雙手繞到椅背後方。按照他說的做了之後，金崎夫人輕巧地繞到我身後，用熟悉的手法拿起手銬將我雙手銬在椅子上。

確認所有人都受到束縛了，二郎才拉開紫垣脖子上的菜刀。原本被刀尖堵住的傷口汩汩流出鮮血。紫垣直接趴倒在桌上。和其他人一樣，昏迷的紫垣也被二郎銬住雙手。

金崎夫人就像個正在舉辦自己慶生會的雀躍少女，選了餐桌旁的一張椅子坐下來。二郎坐在她對面，一郎把椅子搬到相當於上座的位子，也就是「壽星席」後，悠然坐下。

這時圍繞餐桌的，有被限制行動的五個男人和金崎母子，總共八個人。真是一幅異樣的光景。金崎母子像面對一桌豪華晚餐一般，對我們投以充滿期待的視線。燭台光線映照下，三人的眼球宛如閃閃發光的玻璃珠。

紺野和山吹倒在椅子上，身體動也不動。趴著的紫垣脖子持續出血。我正後方是白石的屍體。

朝緋村看一眼，他也正看著我。就算是他，這時也難掩眼中的不安與緊張。連緋村都不明白金崎母子的意圖吧。他們的行動沒有一絲猶豫，俐落地像按照既定手續進行熟悉的工作。這種異常的舉動，令緋村也感到害怕。

「任何事都得適度才行。」

一郎用昂揚又帶點嚴肅的語氣開口，簡直就像說著會議開始時的開場白。

「加在飲料裡的麻醉藥也一樣。要是加過頭，第一個喝的人瞬間昏倒，其他人還沒喝就會產生警覺了。藥物攝取過量也可能導致死亡。或者因為味道太重而被察覺，那就不會喝了。反過來說，加太少也不行。萬一在藥劑發揮作用前被發現，不再繼續喝的話，將無法剝奪你們的自由。再說，也不太可能所有人同時舉杯喝光。所以，對複數對象下藥時，最重要的就是適量。考驗下藥的人是否能根據經驗決定適度的分量。當然，最理想的狀況是五人同時麻痺，但那樣就要求太高了。五人中光是有三人昏倒，已經算是做得不錯。」

一郎得意洋洋地說著，雙眼閃爍異樣的光輝。

他接著又說：

「所謂適度，只要活著就能套用在任何事上。換句話說，適度就是知道自己的斤兩。世上有很多不自量力的人，凡事傲慢，充滿無恥的貪念欲望。我聽說你們也是這類貪婪的人。御眼大人絕對不會放過你們這種人，祂允許我們對像你們這樣的人加以報復。」

這傢伙到底在說什麼啊？我看緋村一眼，他表情不為所動，默默瞪著一郎的臉。

一郎嘴角上揚，朝無法動彈的紫垣望去。

「那邊三個人的麻醉效果再過幾分鐘就會解除，到時候重新問你們一次話，之後再做出判斷吧。這邊的兩人……緋村和灰原是嗎？你們還能說話，就給你們發言的機會好了。有什麼想說的嗎？」

緋村不發一語，我則在好奇心驅使下發問：

「你說我們貪婪？」

一郎悠然回答：

「想掩飾也沒用。這種天雨路滑的狀況下，你們還能來到這裡，只能說是御眼大人的旨意。貪婪的城市人必須付出代價。」

當哥哥說著這些話時，二郎表情完全不變，那張蒼白消瘦的臉只是默默對著蠟燭的火光。金崎夫人從一開始就不斷保持一樣的微笑，慈愛的視線一一掃過我們每一個人。眯起的眼皮底下，只看得見些許混濁的眼白。

外面的風雨發出哀號似的聲音。窗外無燈，黑暗降臨整個深山。我發現雨聲也在不知不覺中激烈起來。天氣和緩的狀態已經結束，暴風雨再次加劇。

一郎站起來，對弟弟說「趁現在把事情辦完」。二郎無言起身，朝哥哥遞出菜刀。刀尖染著紫垣的血，一郎接過刀，放在金崎夫人面前。

「媽媽在這裡喝茶等著，要是這些傢伙敢亂動，妳就用刀刺他們沒關係。」

金崎夫人嘶啞的聲音回答「謝謝呢」。

二郎撿起掉在地上的手提箱，用那細長的手臂掂了掂重量，又晃了晃箱子。

「裡面像有整疊鈔票嗎？」一郎問。

二郎搖頭：「不、很輕。」

「打開看看。」

「鎖著。」

「……喂！」一郎看著我問：「箱子裡是什麼？」

無法從我嘴裡說出答案，我朝緋村投以求助目光。緋村硬是不張嘴。

一郎看了看我，又看了看緋村，不一會兒，從鼻子裡哼了一聲。

「……好吧。把那收起來。」再次這麼命令拿著手提箱的弟弟。

二郎低聲反問：「不用打開嗎？」

「要開隨時都可以開。」

「可是——」

「可是什麼？」

二郎快速環顧四周，只回了「要是被看見……」又怯懦地閉上嘴巴。

一郎不高興地說：

「怕什麼。既然拿到手，工作就完成了。裡面是什麼對我來說都無所謂。廢話少說了，快收去下面。得先把事情處理完才行。」

二郎依然沉默，在一郎反覆催促下，才心不甘情不願的點頭，帶著手提箱走出走廊。緋村咬著下唇目送二郎離開，紺野和山吹也用彷彿醉眼的不安定視線望向走廊。

過了一會，二郎返回，兄弟兩人一起離開大廳。門口的雨聲短暫變大，又立刻恢復安靜。看來他們是外出了。

金崎夫人對我們微笑，什麼也不說。她的微笑就像貼在臉上的面具。

我拉扯被扭到身後的雙臂。連結手銬的短鎖鏈發出喀嚓喀嚓的聲音。手銬很沉重，不是那種玩具手銬，我不認為能輕易從椅子上解開。緋村和我一樣雙手用力拉扯，金屬撞擊椅背，發出摩擦木材的聲音。

「住手。」金崎夫人說。「不、不然我殺你喔。」

語氣就像在勸客人喝茶。

緋村望向金崎夫人。

「你們到底想對我們做什麼？」

「什麼、做什麼？」

「你們想要什麼？」

「好寂寞，因為生活在這裡好寂寞。」

雞同鴨講。

「……她精神有問題。」緋村低聲怒啐。金崎夫人優雅地「呵呵」笑，啜飲杯中的茶。

我提醒緋村：

「最好不要刺激她……」

這精神有問題的女人手上可是有刀啊。緋村不耐煩地搖頭。

「能不能至少先幫紫垣止血啊？」他對金崎夫人說。

金崎夫人歪了歪頭，像第一次聽到這詞彙。

「止血……是什麼？」

「被妳兒子刺殺的人，正在流血。放著不管會死的。」

「人都會死。呵呵，大家都會死。」

「別說了，快幫他包紮！」

緋村飽含怒氣的話語，使金崎夫人停下把茶杯端往嘴邊的手。眼中笑意消失，望向桌上的菜刀。重重下垂的眼皮縫隙間，混濁的眼珠轉動。視線在緋村和菜刀之間來回。

「就跟你說別刺激她了。」

我低聲指責，緋村只好死心閉嘴。

金崎夫人沒事人似的，再度喝起茶來。

紫垣依然倒在桌上動也不動。脖子上的傷口似乎已不再出血，從微弱的喘息聲聽來，他應該還有一口氣。

強風吹得窗戶喀啦搖晃。燭光照耀下，橘色的水滴沿著玻璃滑下。風聲隆隆低吼，雨滴愈來愈大顆，風勢也不斷增強。

我用指尖摸索椅背。握住手銬穿過的木棍部位，試著搖動看看能否鬆開。然而，木棍紋風不動。反覆嘗試了幾次，連一點鬆動的跡象都沒有。指腹摸得到凹凸不平的觸感。手銬的鏈條碰撞時，似乎在木頭上留下了深深的傷痕。痕跡不止一兩個，有許多條深溝狀的痕跡。看來，這不是第一次有人被這樣銬在椅子上。在我們之前，一定也有人試圖弄掉銬在椅背上的手銬。他們後來怎麼樣了呢？

這時，聽見低沉的鐘聲。

一看，柱上的時鐘指著五點。如果時針正確，早已過了日落的時間。室內黑得跟夜晚沒兩樣。

蠟燭只有微弱的光暈，在暖爐內柴火的幫助下，勉強能辨識包括挑高天花板在內的屋內全貌。大廳二樓部分的迴廊上不見人影，天花板角落結著蜘蛛網。感覺不出有其他人的氣息。

「……灰原先生。」緋村低聲這麼說。

我望向緋村，他默默抬了抬下巴。

「啊……」

剛才還微微笑著的金崎夫人，坐在椅子上垂下頭。雙眼閉上，發出帶有雜音但規律的鼾聲。不像是裝睡。

「安靜點。」緋村小聲說。

「睡著了嗎……？」我也壓低聲音。

「趁現在把手銬弄掉。」
「這些人為什麼要對我們做這種事？」
「不知道……手銬弄得掉嗎？」
「不可能吧。」
「手臂不能動嗎？」
「不、鏈條太短了。」我被扭到身後的雙手幾乎沒有移動的空間。
「我這邊是還有一點空間……請把那把菜刀給我。」
「手不能動啊。」
「用嘴巴咬著丟過來。」
他打算用刀解開手銬嗎？金崎夫人面前放著茶杯，旁邊就是那把菜刀。夫人依然打著瞌睡。我離金崎夫人最近，只要稍許移動，或許就能碰得到菜刀。
「快點。」緋村用強硬的語氣低聲要求。
「請不要做這種無理的要求啊，這張椅子那麼重。」
「廢話少說，快點。那傢伙會醒來的。」
沒辦法，我只好雙腿用力踩地，像揹起椅子似的踉蹌移動。椅子的重量一度壓在手銬上，金屬環嵌進手腕肉裡。盡可能不發出聲音，沿著桌緣緩緩移動。

眼前的桌上就放著那把長菜刀。刀尖有幾處缺口，木製刀柄上沾滿不知道是手垢還是什麼的黑色污垢，外觀極度不潔。

「要我把這東西放進嘴巴喔？」我忍不住皺眉。

「快點。」緋村催促。

「真是的……」

我慢慢將上半身往餐桌靠，試圖啣住菜刀。背上的椅子傾斜，壓迫身體。這一壓，使我失去平衡。急忙站穩腳步，地板又因此發出吱噫聲。

我嚇了一跳，往金崎夫人望去。她瞬間停止呼吸，不過，立刻再度發出參雜雜音的鼾聲。

我小心不發出聲響，朝菜刀伸長脖子。背上的椅子好沉重。慢慢突出下巴，用嘴唇去碰菜刀的刀柄。一股噁心的腥臭撲鼻而來。刀柄很粗，得張大嘴巴才叼得住。我反覆用下巴調整菜刀的位置，好不容易啣住菜刀。

口啣著菜刀，把背上的椅子放回地面。

「丟過來，安靜點。」緋村說。真艱難的任務。

用嘴巴能精準將東西丟到正確的地方嗎？當然，我從來沒做過這種事。緋村坐在桌子對面，或許可以揹著沉重的椅子移動到緋村身邊。但是，那樣太花時間了，過程中金崎夫人說不定會醒來。

我扭動上半身，先垂下脖子，再一鼓作氣伸展身體。從我口中拋出的刀飛上半空，落在桌子中央，滑過桌面，順利停在緋村面前。幸好沒發出太大聲響。

「很好。」緋村半蹲著改變椅子方向，背對我這邊。只見他銬住的雙手往桌上摸索，勉強抓住了菜刀。緋村再度坐下，將菜刀的刀刃面向椅背。左右動了幾下，發出摩擦木材的聲音。看來，他是想用菜刀鋸斷手銬穿過的椅柱。這得花上不少時間吧。

金崎夫人依然低著頭發出鼾聲。但是，那兩兄弟隨時可能回來。

「動作得快一點。」這次輪到我催促了。

「這椅子是櫟木作的，太硬。」他嘟噥著動手。

這時，身邊有人發出呻吟。一看，山吹正抬起頭。麻醉似乎快要退了。一旁的紺野也慢慢晃動身體。兩人尚未聚焦的視線游移了一會兒，紺野一邊喘氣一邊發出不成句的說話聲。

我急忙對紺野說「小聲點」。

山吹慢慢移動空洞的視線。

「那、那兩個傢伙……呢？」藥物似乎還殘留一點影響，山吹說起話來像個醉漢，口齒不清。

「去外面了。」

朝金崎夫人投以一瞥，她似乎沒有要醒來的樣子。

「這裡……是……」醒來的紺野看見倒在桌上的紫垣，緩緩開口：「這傢伙……死了嗎……？」

「安靜點。」我低聲提醒紺野。

只有紫垣依然趴在跟手銬奮戰中的緋村身旁，維持一樣的姿勢動也不動。連還有沒有呼吸也不確定。流出的血在桌上形成血泊，說不定他已經死了。

「緋村先生。」我低聲呼叫，緋村搖頭。

「還沒好。」

緋村將刀刃繞到背後，打算壓在木材上鋸。可是，刀刃雖然吃進木材裡，卻幾乎沒有辦法移動。

玄關傳來聲響。風雨聲忽然變大，大概是有人打開玄關門了。

我轉頭看，通往入口的走廊出現手電筒的燈光。

「他們回來了。」

「混帳！」緋村急忙抬起椅子轉向，坐回原本的位置。我也把椅子拖回原位。

一郎走在前面，金崎兄弟進入大廳。脫下被雨淋濕的雨衣，掛在牆上，朝我們看了一眼。

「各位好像都醒來了。」

一郎走近餐桌，把手放在金崎夫人肩膀上說「媽媽」。夫人眨了幾下眼睛醒來，把自己的手疊在兒子手上，露出笑容。

二郎拿起架上的透明瓶子，用裡面的液體為油燈補充燃料。那應該是燈油吧，發出些許油味。

「那麼。」一郎坐回跟剛才同一張椅子，二郎也默默入座。兩人似乎都沒察覺桌上的菜刀消失了。

山吹和紺野身上的藥效大概未全退，以飄忽不定的眼神環顧周圍。

「外面雨下得很大。」一郎冷靜地說。「這颱風前進速度相當慢，各地都出現嚴重災情。」

見我們沉默不語，一郎命令弟弟「喂，打開新聞」。

二郎站起來，扭轉收音機的旋鈕，發出斷斷續續的白噪音。不久，電波對上了新聞頻道，收音機內傳出莫名開朗的女主播聲音。乍聽之下，內容和剛才差不多。闖入珠寶行的強盜事件。汽車打滑造成的死亡車禍。下一個節目是關於天氣的報導，新聞播報了颱風在各地造成的災情。

這場暴風雨造成各地道路坍方，也有傳出土石流和洪水災情的地區。如一郎所說，這個颱風前進速度相當緩慢，災情也因此不斷擴大。從中部地方登陸的颱風路徑，似乎會橫跨今晚到明天早晨，慢慢掠過整個日本列島。

我望向窗外。大風下的樹木猛烈搖晃。說不定很快就會聽見這一帶傳出土石流災情的新聞。

「不覺得很興奮嗎？」一郎對我們露出扭曲的笑容。

我們依然不開口，彼此視線交錯。一郎用誇張的動作攤開手。

「天災是很可怕的。不過，不可否認的是，遇到颱風或地震時，內心都會有些雀躍。」

「……你想說什麼？」我這麼問，一郎就轉向我。

「所謂他人的不幸，就是能讓我們再次確認自己過得幸福美滿的精髓。就跟撒在西瓜上的鹽巴一樣，災害是種娛樂。只要不波及自己的話。」

我默默看著一郎，那雙眼中開始浮現興奮的光芒。一郎不以為意地繼續說：

「對你們而言，我或許就像是不講道理的天災。可是，接下來發生的事不是毫無道理憑空發生。我們只不過是搶回自己被奪走的東西罷了。」

緋村露出明顯驚訝的反應。山吹和紺野則一臉困惑。一郎環顧被銬住的眾人反應，彷彿樂在其中一般繼續說：

「呵呵……你們是不是想說自己沒有搶走任何東西？這是錯的。城市人自古以來就從山裡人手中搶走各種東西。御眼大人全都看在眼裡。祂站在崇高的場所，以嚴峻的目光守護我們。」

山吹和紺野交換了一個思緒複雜的視線。緋村嘴角浮起一絲苦澀，一郎說的話脫離常軌，又老是跟宗教神靈扯上關係，他大概懷疑一郎不是能正常談話的對象，為此感到不安吧。

短暫的沉默之後，緋村慢慢開口發問：

「那麼……我們和你說的那個，有什麼關係嗎？」

不知是否小心翼翼選擇遣詞用字的緣故，緋村的語氣莫名沉著。一郎用力點頭回答：

「御眼大人希望我們抵抗貪婪的篡奪者，要我們報復不知分寸的城市人。我們家被賦予了這個權力，祂甚至允許我們享受這個行為。」

緋村戰戰兢兢開口：

「御眼大人……是那個道祖神嗎？」

「你們是城市人，是佔有太多東西，不知什麼叫適度的人。從你們手中取回被掠奪的東西是我們正當的權利。不是災禍。」

「我們什麼都沒佔有。」

緋村的話，令始終沉默的二郎突然瞪大眼睛。

「你們的那箱東西——」

「住口！」二郎才說到一半，一郎就尖銳地打斷他。「不准擅自開口說話！」

二郎驚慌失措地低垂視線。

一郎氣憤地瞪視弟弟，撂下一句「我才是家長」。

「可、可是，不照那人說的做的話……」二郎怯懦地環顧四周。

一郎嘆了口氣，用沉穩的表情對弟弟說：

「二郎，你太膽小了。鎮定點，現在是享受的時候。我才是家長。不管那傢伙說過什麼都是之後的事，懂嗎？」

二郎蒼白瘦削的臉點了點頭，恢復原本昆蟲般的面無表情。

一郎心滿意足微笑，看了看我們每個人。

「……你們既然被帶到這裡來，就是我的掌中物了。今後只能聽從我說的話，我叫你舔地板你就給我舔，我叫你爬你就給我爬。我是主人，反抗的人不需要留下。」

從麻醉中恢復的山吹勉強動嘴問一郎：「你知道……我們的事了……？」

「你怎麼會這麼認為？」
「因為你……確認過……車牌號碼。」
車牌號碼，就是鑲嵌在車輛下方那塊牌子上的數字吧。我想起來了，確實如山吹所說，來到車禍現場時，二郎檢查了車子的狀況，對一郎投以若有深意的視線。一郎因而重新檢視了車子一次，當時也露出了驚訝的表情。
一郎頗感意外地打量山吹。
「……你叫山吹是吧？觀察力這麼好，別浪費啊。我希望你能在這裡盡可能幫我工作久一點，最好別想什麼逃跑或反抗的事。畢竟只要多一兩個男人就很夠用了。」
一郎用冷冷的視線輪流打量我們。面無表情的二郎和綻放微笑的金崎夫人眼裡反射斑斕燭光。
金崎一郎應該很享受當前的狀況。這男人除了性好殘虐之外，其他什麼都沒有。
或許因為被下藥的關係，紺野嘴上的鬍鬚微微顫動。山吹輕輕扭動身體，嘗試擺脫手銬的束縛，但是無法弄掉金屬手銬。紫垣仍趴在桌上一動也不動。只有緋村一個人始終不改冷靜沉著的態度。
收音機不斷播放下一條新聞。沒有一個話題是好事。播音員傳遞的訊息，只有颱風的災情和哪裡的誰外出時遭遇不幸的事件。

「大哥。」二郎低聲開口。

「幹嘛？」一郎不耐煩地回應。

「刀不見了。」

聽到這個，一郎目光落在桌面，臉色大變，慌忙問母親：

「媽媽，那把菜刀呢？」

金崎夫人臉上笑容消失，歪著頭說：「我、我不知道啊。」

狀況很不妙。我快速朝緋村投以一瞥，緋村強裝冷靜的臉上，瞬間掠過緊張的神色。

一郎輪流瞪著我們的臉看。

「所以我就說你們貪婪，那是我家的東西，還給我們。」

沒有人回答。一郎睜大充滿血絲的眼睛。

「都沒有人的耳朵聽到嗎？還是喉嚨都爛掉了嗎？」

一郎用眼睛指使弟弟。

二郎站起來，一一檢視我們的手銬。很快就發現緋村手中握有柳刃菜刀，二郎粗暴地從他手中奪回。

二郎默默注視刀刃的正反面，一會兒之後，毫無預警地舉起刀柄狠狠毆打緋村的臉，發出可怕的聲響。緋村悶哼幾聲，噴出的鼻血流到唇邊。

「住、住手！」山吹用口齒不清的語氣叫喊。

金崎夫人像個少女一般發出嗯呵呵的笑聲，喃喃低語：「會、會死掉耶。」

緋村咧開滿是鮮血的嘴：「你們會後悔的。」

一郎從弟弟手中接過菜刀起身。蠟燭發出「滋滋」聲，燭光搖曳，照亮一郎的臉。

「你們是城市人，我們是山裡人。」

一郎繞著餐桌緩慢遊走。

「剛才不是提過『適度』的事嗎？你們城市裡的人不知分寸，想獲取更多不屬於自己的東西，強奪、霸佔。你們是佔有過度的人，不知自己斤兩的人欲望無止境。」

一郎從我背後走過，又走到山吹背後。木地板發出咯吱聲，一郎用唱歌般的語調繼續說：

「……我們山裡人什麼都沒有，無法擁有，當然也不被賦予應得的權利。」

一郎走到緋村背後，倏地停下腳步，湊近緋村耳邊說：

「既然如此只能搶奪了。御眼大人這麼說。」

金崎夫人再度發出壓抑的笑聲。雨激烈打在窗玻璃上，發出刺耳的啪啪聲。緋村額頭浮出汗水，鼻血沿著下巴滑落。

「說點什麼啊。不是要讓我後悔嗎？」一郎揪起緋村的頭髮，反手持菜刀，將刀尖舉在緋村雙眉之間。緋村什麼都沒說。

山吹再度發出制止的聲音，一郎打斷了他，在緋村耳邊怒吼：

「回答啊！還想從我這裡奪走更多什麼嗎！還奢望什麼嗎！為什麼不回答？你是耳朵聽不到，還是喉嚨爛掉了？」

唾液隨一郎的怒吼四濺。黏膩的液體點點沾在緋村臉頰上。刀刃尖端刺入雙眉之間，緋村承受不住痛苦，發出哀號。

「我知道了，住手，照你說的做就是了！」

「不、已經太遲了。你的耳朵和喉嚨都不知分寸，太超過了。」一郎粗暴地拉起緋村，這次用菜刀抵在他喉嚨上。「喉嚨和耳朵哪個不要？做出選擇！」

「別這樣！」緋村嘴裡的血也飛濺，發出混雜哀號的懇求聲。那張側臉因恐懼而抽搐。

「我要聽的不是這個！」一郎怒吼。「要割掉喉嚨？還是削掉耳朵？我叫你選一個！」

紺野和山吹都失去言語。我也動彈不得。

一郎依然高舉刀刃，睜大的眼睛望向我。

「你來選。」

我倒抽一口氣。「什麼？」

「沒聽見嗎？這傢伙的喉嚨和耳朵，要割掉哪個你來選。」

我搖搖頭。

「我、叫、你、給、我、選！」一郎激昂地高聲大叫。「你也以為天災跟自己無關吧？對周遭事物老是露出那種高高在上的眼神，看了就不爽。限你兩秒內做出回答，耳朵還是喉嚨。要是做出除此之外的答案，我就殺了你餵鳥！」

我默默思索答案，接著猶豫如何回答。然後，擠出聲音：

「……耳、耳朵。」

一郎臉上的表情瞬間冷卻。離開緋村身邊，繞桌子一圈，從我視野裡消失。所有人的視線都集中在我身上，只有風雨聲帶來的雜音充滿整個空間。

一郎從我背後幽幽探身，臉忽然出現在我的臉旁邊，近得彼此的臉頰幾乎要相碰。聞到他呼出的臭氣。黑眼珠緊盯著我，然後這麼說：

「回答得太慢了。」

白刃一閃。

從我脖子激烈噴出的鮮血，落在眼前的餐桌上。我聽見誰的叫聲。最後映入眼簾的，是在桌上流淌開來的暗紅色液體。

紫垣之章

就說太不走運了。

被刺傷的脖子陣陣抽痛。那傢伙，竟然莫名其妙就刺上來。大概因為喝了被下藥的咖啡，全身感覺消失，身體動不了，連刀刺下去的瞬間也不覺得疼痛。不過，當下意識也立刻模糊了。不知道自己昏迷多久，才終於被傷口痛醒。時間應該還沒有過太久。

疼痛的感覺不斷增強，身體也從麻痺中恢復。聞到血的味道。感覺得出臉頰上有溫暖的液體流過。我很快就發現自己趴在自己的血泊中。手臂試著用力，肌肉立刻有反應，手指也能動。手腕冷冰冰的……對了，是被銬上了手銬。

「我知道了，住手，照你說的做就是了！」

身旁傳來哀號。是緋村的聲音。原來那傢伙也會發出這種聲音啊。

「不、已經太遲了。你的耳朵和喉嚨都不知分寸，太超過了。」

這應該是那個叫一郎的傢伙。

我在朦朧的意識中逐步理解自己身處的狀況。現在不要亂動才是上策，畢竟，就算跳起來也做不了任何事。

真的是太不走運了。

這三年一直都這樣。還以為這次終於能夠順順利利，才剛鬆一口氣，一切就又一如往常失去控制。浮上水面的瞬間，總會被什麼拉回水底。每次、每次，這樣的事一再重複。工作也是，和亞紀的關係也是。成為夫妻之後只穩定了一段時間，一遇到什麼事就又吵起來。

我閉上眼，豎起耳朵聽。

「要割掉喉嚨？還是削掉耳朵？我叫你選一個！」

一郎發出刺耳的怒吼聲。我明明動也不動，卻覺得彷彿天旋地轉，或許是正在出血的關係。保持這個姿勢呼吸困難，但我不想被就站在旁邊的一郎察覺自己已經恢復意識。要是這個殺人不眨眼的傢伙盯上我就完蛋了。我屏住呼吸，決心裝死到底。

「我、叫、你、給、我、選！」

我確信這傢伙是認真的。

因為，我很清楚脫離常軌，性格暴戾的人是什麼樣的。這種人平時跟一般人沒什麼兩樣，也很能融入社會，甚至被認為是好相處的人。然而，一旦生氣起來就無法控制自己，無論對方是女人或小孩，照樣打得在地上爬。往往要在事情過後，才會察覺自己的異常，每次都為此感到後悔，但仍一再失去自我，重蹈覆轍。

這次我一定要打破惡性循環，全部從頭來過。本該如此的……現在卻……

「——要是做出除此之外的答案，我就殺了你餵鳥！」

好像輪到灰原被逼迫了。

事到如今才發現，我不清楚緋村的來歷，關於灰原的事也幾乎什麼都不知道。因為緋村禁止我們提及任何私事。這傢伙真的很小心。唯一可以確定的是，灰原也是個被命運放棄的男人。年紀輕輕就夥同我們做這種工作，肯定沒有過過像樣的人生。

一郎憤怒跺地，感覺得出他走遠了。是繞到桌子對面去了嗎？一段時間之後，我聽見一郎壓低的聲音。

「回答得太慢了。」

咻——彷彿游泳圈消氣，接著是誰痛苦呻吟的聲音。液體噴濺到桌上的聲音，是有人碰倒了咖啡杯嗎？就算是，這分量未免太多。此時，一股氣味刺激鼻腔，毫無疑問的，是血腥味。

不會吧，我感覺得到自己全身肌肉緊繃。

「灰原！」

叫出名字的是山吹。

某人倒在桌面上，桌面的振動傳遞到我的臉頰。那個人痛苦掙扎了一會兒，隨即安靜下來。

不會吧，那個傢伙。我咬緊牙根。

那個傢伙，竟然真的殺了灰原！

事態已超出我的認知。這不只是不走運，根本身處於超乎想像的危險之中。

我趴在桌上偷窺。

竊笑的聲音。發自那個瘋狂的老太婆。

聽見手銬解開的聲音，然後是一郎的命令「讓他躺在那裡」。

桌子對面的地板發出嘎吱聲。隨後，是濡濕的衣服在地上摩擦的聲音。聲音漸漸離開桌邊，應該是二郎拖著屍體去了哪裡吧。

我想起白石躺的那張藍色塑膠布，內心一陣毛骨悚然。那麼一大張塑膠布也不折小一點，直接攤開在地上，未免太不自然。現在才發現，他們到底打算在上面擺放幾具屍體？

我試著轉動雙手，小心不讓手銬發出聲音。手指慢慢探索腰間。那東西還在。坐在椅子上昏迷的關係，金崎兄弟似乎沒有對我進行搜身。

拖拉椅子的聲音響起，一郎坐下來了。

我微微張開眼皮，但又不能做出太大的表情，只看得見蠟燭微光照亮的桌面。能打破現狀的只有我了。問題是，趴在桌上難以判斷周遭的情形。

還是應該停止裝作昏迷，先起來看看？不、不行。一旦放棄目前的偽裝，之後就回不來了。還是繼續這樣等待機會吧。

「這下你們應該很清楚自己身處的立場了吧？」一郎充滿自信的聲音響起。「有什麼想說的嗎？」

誰也沒有回答。

緋村、山吹，甚至是那饒舌的紺野都不發一語。聰明的緋村應該正死命思考如何克服眼前的困難吧。但是，面對不講理的對象根本無法正常談判。對方可是殺人不手軟的心理異常者。

不知何時，收音機裡傳出約翰尼斯．布拉姆斯的《第一號交響曲》。莊嚴的樂曲在瀰漫死亡氣息的室內迴盪。我很喜歡這首曲子。

「他們怎麼都突然不說話啦，媽媽？」一郎用諷刺的語氣這麼說。金崎夫人依然呵呵微笑。

「死去的年輕人真教人同情，原本希望那傢伙能在這工作久一點的呢。」一郎享受著自己的優勢，以輕蔑的目光睥睨無法反擊的人們。心情一定很愉悅吧。可是，我無法忍受他這麼做。

收音機裡流洩的交響樂奏著鮮明的弦樂音色，彷彿呼應樂曲的旋律，一郎哼唱起來。令我驚訝的是，這傢伙居然知道布拉姆斯。想到自己和他興趣相仿就一陣噁心。殺了人還這麼得意。一郎哼的樂曲不但走音，節拍也完全不對，真是令人煩躁的傢伙。我按捺湧上的殺意，拚命忍住怒吼的衝動。

不過，只要對方開始驕傲自滿，心情愉悅，反擊的好機會就來了。要採取行動就趁現在？可是，姑且不說一郎，目前我還無法掌握弟弟二郎的動向。說不定就在這個瞬間，他正用警覺的眼光注意著我。那種不知道在想什麼的傢伙才最棘手。

這時，有人低聲嘟噥「一定會讓你們付出代價」。是山吹。

一郎停止哼唱樂曲。

「……你說什麼？」

聲音顫抖，透露著自尊心受傷的憤怒情緒。

這是當然的。正愉悅自滿的當下聞到放屁的臭味，任誰都會火大。

克制不住這句話的山吹太大意了。山吹這人確實有著莫名倔強認真的一面，但是或許因為年紀大了，看到年輕的灰原慘遭殺害，終於壓抑不住怒火了吧。我雖不知道灰原確切的歲數，總之，在無力抵抗的狀態下挑釁對手只會讓自己陷入危險，一點意義都沒有。

「給這傢伙一頓好看。」一郎命令二郎。

隨即傳來肉體慘遭毒打的聲音，伴隨著山吹的呻吟。痛苦的悶哼一次又一次響起，二郎似乎痛毆著山吹。金崎夫人發出愉悅的嘶啞笑聲。

——就是現在。

我小心翼翼移動雙手，將插在背後皮帶裡的「工具」慢慢拔出來。打算用這個解除手上的束縛。會順利嗎？被銬住的雙手無法隨心所欲動作，而且也看不到手邊的狀況。勝算很低，但也只能去做了。

毆打的聲音持續著。彷彿配合布拉姆斯的旋律，山吹以一定節奏發出呻吟。

再多揍一會兒吧。

我把「工具」轉向，重新拿好。這時，握柄部分碰到了椅子，發出叩的一聲。幸好，或許被收音機中流洩的樂聲掩蓋，好像沒有人發現。

將反握的「那個」靠在椅面上，於雙手間豎起。調整位置使其前端正對連結手銬的短鎖鏈。不知道位置是否正確？看不到的話，只能用觸感判斷了。

機會恐怕只有一次。要是失敗，我可能會被殺吧。腦袋一陣暈眩，脖子上的傷口又在痛了。

室外暴風雨仍未停歇。敲打窗玻璃的雨點聲與低吼般的暴風聲傳入耳中。還有揍人的聲音。布拉姆斯。我知道自己正心跳加速。

只能動手了。我伸出手指——

忽然，一郎這麼說：

「那邊的傢伙是不是在動？」

心臟猛跳，他說的是我嗎？

「要是已經死了的話，就先把他解決掉。不然看了礙眼。」

毆打山吹的聲音停止。

糟了。二郎要過來了。這傢伙一靠近就玩完了。我一邊小心不移動手銬的位置，一邊用手指尋找扳機。

「……那傢伙還活著嗎？」看到我還在動，一郎發出訝異的聲音。

在上著手銬的狀態下，無法用正常姿勢舉起「工具」——手槍。

我讓槍尾保持穩定，左手扶著槍身，右手中指伸向扳機。雖然姿勢很勉強，只能祈禱槍口沒有偏移了。手或許會燙傷，但現在不是擔心這個的時候。

「喂！」一郎緊張的聲音傳入耳中，感覺得到二郎朝我奔來。

收音機裡傳出的第一號交響樂正要進入高潮，樂手敲響定音鼓。

一定要打中啊，混蛋東西！

我的手指扣下扳機。

槍膛內炸裂的火藥發出爆炸聲。

我用盡力氣跳起來。忽然採取激烈動作令我頭暈目眩。第一個映入眼簾的是金崎一郎和他母親。兩人似乎誤以為槍聲是外面的雷鳴，朝不正確的方向投以困惑的視線。我雙臂使力，手腕上有金屬摩擦的觸感。但是，手腕無法做出更大的動作。

失敗了——！

手槍沒有把鎖鏈擊碎。雖然有槍彈打上手銬的觸感，子彈似乎只擦過鎖鏈，沒能將它切斷。手槍從我手中滑落，掉在地板上。

可惡！可惡！可惡！

我胡亂揮舞手臂，手銬仍解不開。

一郎睜大眼睛看著掉在地上的手槍。燭光下，他的臉色因憤怒而愈發漲紅。

「王八蛋！」一郎站起來，一把抓起桌上的柳刃菜刀。眼中閃爍著殺意，大跨步朝我逼近。

我不假思索探身，朝蠟燭吹一口氣。蠟燭上的火焰晃動，「啵」的一聲熄滅了。瞬間，屋內光線變暗。但還不是全面的黑暗，來自柴火暖爐的光源還在。一郎瞬間困惑地停下腳步，發出怒號。

我咬緊牙根，扭動雙手。金屬發出嘰噫嘰噫的聲音。

一郎向我走來，輪廓愈來愈大。他反手高舉菜刀，死亡預感掠過我的腦海。

這時，從手銬上發出「鏘」的聲音，雙手忽然彈開。鎖鏈斷了。

揮舞重獲自由的雙手，我把身下的椅子丟出去。一郎手中的刀子往下一揮，咻地從我耳邊擦過。

我趴在地上撿起手槍，轉為仰躺姿勢，扣下扳機。

槍口閃現的火光瞬間照亮一郎的表情。隨著遲一步發出的槍響，一郎一邊哀號一邊向後仰。我立刻站起來，緊接著開第二槍。槍彈一發命中一郎，將他轟得往後飛。第二發擊中收音機，中斷了交響樂。

二郎和母親跳起來逃跑。

我毫不猶豫朝兩人背後開槍。兩發子彈擊穿玄關大門，木片碎裂四散。雖然我瞄得很準，但他們兩人已經消失在門後。不只二郎，連那矮小老太婆的動作都快得異常。

竟然逃掉了啊，老太婆。

我手撐在桌上喘氣。頭痛耳鳴，受傷的脖子竄過尖銳的刺痛感。一摸傷口，掌心都是黏膩的血液。

望向倒地的一郎，肩膀到右側胸口染滿鮮血。他竟然還沒學乖，朝地板上的柳刃菜刀伸長了手。

我按著脖子踉蹌走過去，低頭俯瞰一郎。柴火暖爐微弱的火光照出他怯懦的表情。

我把手槍插回腰間，慢慢蹲在他身邊。撿起掉在地上的菜刀，反手舉高。刻意讓一郎看清楚刀尖正對著他的臉。一郎滿頭大汗，五官因恐懼而扭曲，轉動脖子想逃開。

我將刀刃用力往下一揮。

「噗滋！」大廳裡響起清脆的聲音。接著，是一郎的嚎叫。

細長的刀刃尖端貫穿他的右耳，把耳朵釘在地板上。一郎號哭的聲音聽得我通體舒爽。原本以為耳朵會被扯掉，看他掙扎了一會兒，結果也沒有。沒想到人的耳朵這麼堅固。

「閉嘴。」我靠近他耳邊說：「交出手銬的鑰匙。」

一郎從褲袋裡掏出鑰匙，抖著手遞上來。我接過那個，先插進自己手上的手銬鎖洞。金屬環應聲打開。

幫緋村解開束縛在椅子上的手銬，說句「剩下的交給你」，把鑰匙給了他。

我坐在椅子上。一陣疲勞瞬間來襲，全身無力。背上感覺涼涼的，大概是失血過多的關係。

真的太不走運了。

拿起滾落桌面的蠟燭，從胸前口袋掏出打火機點燃。燈芯發出炫目的火光。黑暗中，即使只是這麼小朵的火焰，光線也足夠刺眼了。

我把燭火移到叼著香菸的嘴邊，點燃香菸。將蠟燭放回燭台，朝地上的藍色塑膠布看一眼。

灰原躺在蓋著毛毯的白石屍體旁。脖子上裂開一道傷口。拖拉灰原時流下的血跡，從餐桌旁一路延伸過去。

……雖然不走運，比起這兩人要好多了。

從鼻孔裡把煙噴出來，我出神地凝視那兩具屍體。

屍體躺在尋常無奇的藍色塑膠布上。即使室內如此昏暗，塑膠布依然藍得刺眼。這是一幅我最不想看見的景象。

情不自禁閉上眼，眼簾裡浮現躺在藍色塑膠布上的屍體。怨恨的眼神，彷彿在責怪我。混帳。

「紫垣老弟，讓我看看你的傷口。」緋村幫山吹解開手銬後，他向我走來。這麼說的山吹自己也被二郎狠狠揍了一頓，左眼腫起，嘴角撕裂。

山吹摸了摸我的脖子。

「別碰，很痛。」我一臉不悅，山吹皺起眉頭。

「這應該要縫一下比較好。」

「你是醫生喔？」

「不是啊。」

「不是醫生就別亂縫。」

「我只是建議你最好縫一下吧？有傷口就縫起來比較好啊。總之，先用這個按住。」說著，山吹將手帕遞給我。

「這乾淨嗎？」

「有意見的話就不要用，隨你高興。」

沒辦法，我接過手帕並用它擦血。每碰一次，傷口就更痛。

前往玄關確認的紺野回來了，雙手各拿著一支大型手電筒。「老太婆跟二兒子好像逃到外面去了，連燈也沒帶。」

「喔，那還真可憐，現在天氣這麼惡劣。」山吹望著窗外說。

「大概很慌吧。」紺野嘿嘿一笑，點亮手電筒，白色LED光線朝被打穿大門的彈孔照。「說不定是第一次遇到槍擊。」

我環顧餐桌周圍，沒看到那個。最重要的東西去哪了？

「緋村，箱子呢？」我問。

做這一切都是為了那個。為了重新來過。要是沒了那個，所有事情都是白搭。

「關於那個，我現在正要來問這傢伙。」

緋村擦拭鼻血，低頭看倒地的一郎。一郎的耳朵還釘在地板上，他用手抓住貫穿自己耳朵的菜刀刀柄，但似乎拔不起來。

「我也有事要問這廝。」說著，山吹站到緋村身邊。

我撐著沉重的身體站起來，走到兩人身邊俯瞰一郎。紺野用手電筒的光對準一郎的臉。一郎舉起手遮住刺眼的燈光，不安的眼神從指縫間窺看我們四人。

看著這被釘在地上的傢伙，我想起小時候做昆蟲標本的事。抓來蝴蝶或蜻蜓等昆蟲，殺死後用昆蟲針並排插在盒子裡。我對昆蟲沒什麼興趣，但很喜歡昆蟲針刺下去的那一刻。

低頭睥睨一郎，緋村冷淡地說：

「如你所言，別人的不幸是自己的娛樂。這次輪到我們享樂了。」

這種下流的話還真不像緋村的風格，原來平時謙恭有禮的他也有這一面。

一郎沉默著，怯懦中夾雜不安的視線看著我們。肩膀上，紅褐色的血漬慢慢暈開。剛才那一槍雖不至於馬上致這傢伙於死，放著不管的話，不久將會因出血過多死亡。

「這樣太殘忍了，紫垣老弟。」山吹在一郎身旁蹲下，指著他的耳朵轉頭對我說：「我向來不用這種殘酷的做法。」

我聳聳肩：「這就是我的做法。」

山吹露出苦澀的表情，目光回到一郎身上，用同情的口吻說：「等一下喔，我幫你拔起來。」

山吹抓住貫穿一郎耳朵的菜刀，一口氣拔起，耳垂隨著拉扯的力道搖晃。山吹丟掉菜刀。

「太好了，耳朵還在。」

山吹抓住一郎的耳朵拉扯，一郎痛得發出哭聲。耳朵確實還在，刀刃穿過的地方已開了個大洞。我心想，釘昆蟲固然有趣，釘人也不錯。

「東西在哪裡？」緋村問。「我們的手提箱在哪裡？」

一郎只是一邊發出痛苦的喘息，一邊抬頭看緋村，什麼也不說。

「回答得太遲了。」緋村一腳踩上一郎染血的肩膀。「我們的東西在哪裡？你叫二郎收去下面，下面是哪裡？」

承受緋村體重的皮鞋踩進一郎染血的襯衫，一郎高聲發出哀號。

「不、不要這樣！」

「箱子在哪裡！」

「地、地下室！地下的倉庫裡！沒有上鎖，饒了我吧！」

「這屋子裡有急救箱嗎？」

「在二樓，二樓臥室裡。」

緋村把腳拿開，看了我們幾個一眼。

「山吹先生，請跟我一起去找箱子。紺野先生請上二樓找急救箱。紫垣先生請在這邊等。」

開什麼玩笑。我搖頭回答：「我也要去。」

緋村困惑地看著我：

「你都傷成這樣了，休息一下比較好。」

「不、我要去拿箱子。」我再次強調。

「既然你這麼說，我是無所謂。」緋村聳聳肩，一副「拿你沒轍」的樣子。「昏倒不關我的事喔。」

我點點頭。誰不想盯緊箱子啊。

「這個瘋子怎麼辦？沒看著他的話，說不定會逃跑。」紺野用腳尖輕輕踢一郎的頭。

緋村指向桌子上，那裡有原本束縛我們的手銬。

「把他銬起來就行了。他受了這樣的傷，哪裡都去不了。」

「要讓他坐在椅子上嗎？」

「不。」緋村用下巴指指藍色塑膠布。「把他跟好朋友銬在一起。」

「好主意。這可有意思了。」紺野咯咯笑了起來。

紺野和山吹拖著倒下的一郎，粗暴地要他躺在藍色塑膠布上。紺野用手銬將一郎的手腕與變成屍體的灰原手腕銬在一起。不知道是否心死，一郎躺著任憑擺布。

「去拿東西之前，有件事得先解決。」山吹對我投以犀利視線。「關於『工具』的事。」

他說的是手槍吧。我別開視線，不看山吹。

「你什麼時候開始把那東西放在身上的？」

山吹質問的語氣令我不滿，但我也老實回答：

「車禍之後。」

「在哪找到的？」

「車子外面。」

當時，我從翻覆的車子裡昏昏沉沉醒來，應該是撞到頭了吧。恍惚之中打開頭頂的車門，從後座探出頭時，發現我醒來的灰原笑著抬頭看我。我抓著他的手，勉強脫離車內。接著，灰原又幫忙把紺野拉出車外。就在這時，我察覺手槍滾落車底。趁大家被白石的屍體吸引注意力時，我就撿起手槍，插進自己腰帶裡了。

「為什麼不說出來？你明明知道我在找。」山吹瞪著我。

這個總是滿面笑容的男人，現在臉上已失去平時的穩重。槍被我拿走的事，似乎令他非常不高興。

我只回答「沒為什麼」，視線望向窗外。

我自己撿起槍時根本沒想太多，一開始也沒打算隱瞞。只是在那之後，調查了白石的屍體，使我改變主意。

山吹語氣變得嚴厲。

「默默把槍據為己有形同背叛。那是我的槍。」

「……不是你的吧？」

「是由我保管的。」

這傢伙憑什麼責備我。

我吐出一口口水，裡面混著血液。

山吹默默走過來，站在我面前，臉的距離近得聽得到呼吸聲。紅腫眼皮下的目光夾雜憤怒。

「你剛才確實立了大功，紫垣老弟。這點當然值得感謝。謝謝你。可是，這個和那個是兩回事。工作的事歸工作。」

「工作已經結束了。」

「不，還沒結束。在我買下一棟附帶車庫的房子，躺在哪個外國海灘悠哉享受之前，什麼都還沒結束，紫垣老弟。」

和平時的山吹不同，這時的他，語氣透露一股莫名的威嚇。他戳了戳我的胸口繼續說：

「看在你剛才立下大功的份上，我可以不追究你偷偷佔據手槍的事。可是，工作上的背叛仍然不可原諒。拿槍、開槍以及判斷拿槍與開槍的時機，都是我的工作。槍不是給動不動就抓狂的人拿在手上的玩具。」

這男人憑什麼把人看得這麼低。黑色怒氣汩汩湧出，我反瞪著山吹。

「老人家閃邊啦。」

我這句話令山吹變了臉色，更往我站近一步逼問：「你說什麼？」

「你是耳朵不好了嗎？我說老頭子就閃遠點。」

山吹皺起眉頭，湊上來瞪視我。紅腫的眼皮下，目光閃現殺意。我覺得有點搞懂這男人了。這一定才是山吹的真面目。他用與場面不符的冷靜語氣說：

「我啊，紫垣老弟，已經打算盡可能和平解決這個問題了喔。」

「我有拜託你和平解決嗎？」

「……你是不是瞧不起我？」

山吹低喃，剎那之間，我差點被嚇唬住。不過，最後還是指著他的鼻子反問：

「那又如何？你要試試看和平解決以外的方法嗎？」

用難掩憤怒的眼神瞪視我好半晌，山吹轉移視線，臉上浮現冷笑。再度看著我說：「可悲的男人。」

「你說什麼？」

「你以為完成這趟工作，一切就能恢復原狀嗎？」

「……你想說什麼？」

「你以為家人會回到你身邊嗎？回到你這種人身邊？」

這傢伙怎麼會知道我的事？一時之間想不通原因，但馬上就想起來了。是那個為我們做內應的女人。跟她討論計畫時，閒聊裡稍微提了妻子和女兒的事。這麼說來，當時白石和山吹也在一旁。

這傢伙敢瞧不起我。

慢慢調整呼吸，難以按捺的憤怒依然消除不了。我退後一步，拔出背後的槍，直指山吹胸膛。

即使被槍指著，山吹仍毫無懼色，盯著我步步逼近。最後，槍口甚至抵在他胸上了。

王八蛋。我手指放上扳機。

「你們是哪來的小鬼啦！」紺野發出慘叫般的聲音。「是笨蛋嗎？都幾歲了，這不是專業人士該有的行為吧！」

「紫垣先生，請放下槍。」緋村壓低聲音這麼說。「山吹先生也說得太過分了。」

我視線不離山吹，彼此仍瞪著對方。

緋村攤開雙手，看看我又看看山吹。

「請冷靜下來。紺野先生說得沒錯。遇到這種事或許令人心浮氣躁，但兩位都不是小孩子了，請做出大人該有的行為。請理解，現在不是起內鬨的時候。」

山吹嘖了一聲往後退，我也放下槍。

緋村點頭對我說：

「槍請你收著。」

「喂、緋村老弟。」山吹發出抗議，緋村舉手制止他。

「讓紫垣先生拿著就好。接下來已經不需要用槍了，只是讓心有不安的人當作護身符而已。」

緋村這麼說著，朝我投以一瞥。山吹不滿地轉身。

隨便你怎麼說。我把槍插回腰帶。

這群人不可信任。沒拿到錢之前怎能掉以輕心。

紺野從大廳裡的階梯上二樓，進房間搜索。

我和緋村、山吹一起離開大廳，踏上走廊。右邊就是廚房。貼了磁磚的廚房打掃得很乾淨。繼續前進，走廊往左轉，盡頭有一扇門。看來是這棟宅邸的後門。二郎說不定會和他母親從這裡返回屋內。緋村確認了一下，門沒有上鎖，但地板是乾的，目前沒看到有人從外面進來的痕跡。

後門旁的牆上，是另一扇青銅色的門。

「就是這裡了吧。」緋村推開門，出現一道通往地下室的階梯。用手電筒往下方照，能看見幾座塗漆剝落的老舊金屬層架。

緋村一邊照亮腳下，一邊下樓。山吹跟在他後面，我提著油燈殿後。一開始下樓，我就感覺一陣頭昏腦脹。

「小心別跌倒。」山吹回頭說。「我可不想跟著你一起摔下去。」

地下室充滿濕氣和霉臭。四面都有金屬層架，環繞室內圍成一圈，上面堆滿各種東西。地上有紙箱、旅行用手提袋、各種尺寸的包包和不知裝滿什麼的垃圾袋等東西，雜亂無章。

一郎說這裡是地下倉庫只是好聽的說法，這個地方簡直就像公寓垃圾間。不、遠比那還要髒亂。刺鼻的酸臭味使人眼淚直流。

「這裡是怎麼搞的。」山吹捏著鼻子說。

裡面還放了好幾個吊著衣服的立式衣架，上面掛滿各式襯衫、上衣和長褲。再往裡面也有一區堆積著衣服。這些衣服都很髒，有的已破損或沾著不明黑色污漬，至少看起來不像受到好好保存。至於衣架上的，還有些看似年輕人喜歡的時尚設計裙子和緊身牛仔褲。

這堆舊衣服真是詭異。裙子不像那個老太婆會穿的，但這裡除了他們三人，又沒有其他人住。

我們連找都不用找，就看到手提箱了。它掉在樓梯下方的地上。山吹抓起箱子說：「回去吧，待在這裡感覺很不舒服。」

我不經意瞥見隨意放置的其中一個紙箱，就著打火機的火光，隱約能看見裡面的東西。我對拿手電筒的緋村說：

「照一下這裡。」

「怎麼了嗎？」緋村舉起手電筒。

照亮的紙箱內是數不清的錢包。有皮製品也有尼龍製品，從長夾到對折式的短夾都有。還有幾個品牌精品手提袋。

我拿起其中一個。這個黑色皮夾裡沒有現金和卡片類，只有加油站收據和家電量販店的集點卡。收據日期是兩年前。確認其他錢包裡的東西，都沒有值錢物品。

「……你們看這個。」山吹遞出手上的東西，是駕照。還不止一張，像撲克牌一樣有一大疊。全部都是駕照，至少有二十張吧。駕照持有人包括各種年齡，性別也男女都有，沒有一張重複。其中包括已經過期好幾年的東西。

「是偽造證件嗎？」說著，緋村拿起其中一張。駕照上的照片不是金崎母子其中一人，是個年輕男人。

山吹把一張駕照放在燈光下，用手指撫摸表面，仔細查看了半天，最後搖搖頭：

「不是假的。偽造證件我看過好幾次，不會有錯。這些放在架子最上面，仔細找找或許還有其他的。」

我們抬頭環顧室內，堆滿散亂雜物的地下室裡，確實還可能找出其他東西。緋村懷中手電筒的光線閃過天花板，好像映出了什麼。是什麼呢？

「喂，天花板。」我這麼一說，緋村就拿手電筒往頭上照。

一時之間還以為是手電筒反光照成的陰影，然而不是。白色天花板上黑壓壓地寫滿了東西，無數圓圈與直線組成的奇妙符號。看來是某種文字。這種文字填滿整片天花板，寫得密密麻麻。雖然看不懂，但總覺得在哪看過。

「這不就是寫在先前那顆岩石上的文字嗎？」山吹訝異地嘟噥。

這麼一說我也想起來了。刻在那顆所謂道祖神上的文字。沒記錯的話，紺野說那叫「阿比留文字」。和那一樣的文字，寫滿整片天花板。

緋村用手電筒照遍天花板每個角落。從這頭到那頭，全部寫滿了這種字。

「那傢伙提到什麼『御眼大人』，是宗教之類的嗎？」

緋村皺眉問，山吹歪了歪頭。

「不知道……或許是這一帶原住民信奉的神祇。」

「紺野可能知道。」

「難說。說不定是只有這家人信仰的神……誰知道那種人在想什麼。」

或許因為長時間仰頭看天花板，血液循環造成了暈眩。總之，只要拿回手提箱，其他什麼都不重要。這家人信仰什麼關我屁事。

回到一樓大廳，紺野已經從二樓下來了。坐在柴火暖爐前的椅子上，一手拿著罐裝啤酒。

「喔！順利找到了嗎？我們這趟工作的收穫。」紺野望向緋村手中的手提箱。

「這種狀況下，你居然還能喝。」山吹發出詫異的聲音。

白石和灰原的屍體依然躺在藍色塑膠布上。和灰原銬在一起的一郎不知是否昏迷，連把臉朝我們轉的力氣都沒有，只是仰躺在那裡。

紺野喝一口啤酒，鬍子上都是白泡沫。

「怎麼，這是用來憑弔白石和灰原的酒啊。冰箱裡有一大盒，我連你們的份都拿了喔，在那兒。還有，也找到急救箱了。我沒打開看裡面有什麼，要療傷的人自己拿去用吧。」

染血的桌上放了幾罐啤酒，還有白色的急救箱。

傷口發疼，我用力坐在椅子上，打開罐裝啤酒。正打算喝一口，拿罐子的手又停住。

紺野看著我，噗哧一笑。「留下陰影了是吧？」

我無視紺野，喝下一大口啤酒。停電之後，冰箱應該也失去運作，但啤酒還算夠冰。落入胃袋的酒精彷彿轉換為血液，感覺好多了。

山吹把那疊駕照丟到桌子上。

「這什麼？」紺野撇著嘴角問。

「倒楣的犧牲者們。」山吹也抓起一罐啤酒，問緋村：「緋村老弟不喝嗎？」緋村搖頭說不必了。

「什麼的犧牲者？」紺野問。

「應該是跟我們一樣的受害者。用以前的話來說，這戶人家就是山賊。」

「山賊？會襲擊人的那種山賊？」

山吹咕嘟咕嘟灌下啤酒，喘口氣。「……除了獲取實際收入外，這家人似乎還以此為樂。又或者……做這些是出於某種信仰。」

「我聽不懂。什麼啊，又是山賊又是信仰的。」

「地下室天花板上寫滿跟道祖神上刻的相同種類的文字。你不是很熟這一帶的事嗎？御眼大人到底是什麼？」

山吹提出疑問，紺野歪著頭思考。

「喔，躺在那裡的精神異常混蛋說的那個吧？我總覺得好像在哪聽過……但想不起來。」

山吹點頭沉吟。「……總之，他們襲擊人有他們的理由。」說著，對躺在地上的一郎投以一瞥。一郎似乎已失去意識，什麼反應都沒有。

紺野一手拿著啤酒，臉上露出嚴肅的表情。「沒什麼好東西啦，真是的……跟白石一樣，沉迷宗教的人腦子都不太正常。」

「這是偏見。再說，說死者壞話不太好吧？不過，這個家的人相當不正常，這點我倒是不否認。」

不正常？我懷疑這裡面到底有幾個正常人。就連現在一臉正經，默不吭聲的緋村，恐怕都不是什麼好東西。

我把啤酒喝完，打開桌上的急救箱。出乎意料的，裡面各式醫療用品齊全。我用白色紗布沾取消毒水，輕輕擦拭傷口。酒精刺激撕裂的傷口，疼痛隱隱加劇。血是止住了，但或許真如山吹所說，傷口需要縫個幾針。急救箱裡有大塊OK繃，姑且用那貼在傷口上。

「啊、對了。」紺野像察覺什麼，喜孜孜地高聲說：「傳聞果然沒錯。我不是說過自己老家就在這附近嗎？所以我也曾聽說過，關於這座山頭的可怕傳聞。」

「那是什麼？」這次問的是緋村。

對了，先前紺野好像嚷嚷過這裡是什麼「魔之山巔」。

「據說，想翻過這座山頭的車都會化為一陣輕煙消失無蹤。」

「消失？」

紺野點點頭。「偶爾不是會有那種原因不明的失蹤事件嗎？最後身影出現在這座山頭，之後就此失蹤，據說這樣的傢伙很多。」

「是事實嗎？」

「誰知道呢？不知道是否真正有人失蹤，就算有，人數究竟又是多少，這方面的事就不得而知了。只能說是傳聞，實際上可能或多或少確實發生過幾次這樣的事件吧……有人說，這附近有個通往異次元的入口，也有人說那些失蹤者是被外星人抓走了，總之都是些小孩子喜歡聽的都市傳說。不過，搞不好根本就是這家人搞的鬼。」

「誰會想到是被山賊襲擊呢。」緋村苦笑。

紺野嘿嘿一笑，環顧我們說：

「那個老太婆，逃跑的速度不是莫名的快嗎？與其說是山賊，那個應該是山姥❶吧？我們現在啊，是跑到山姥的家了。」

「山姥？你是說妖怪嗎？」山吹問。

「對。我不是說過，自己國中時參加過鄉土史研究社嗎？」

❶日本傳說中住在山裡，外型為老婦的妖怪。

「有喔？」山吹歪了歪頭。

「我說了啦……我有說吧？紫垣？」

紺野好像確實在車裡說了這些，但不知為何，我的記憶變得模糊不清。「誰知道啊。」我這麼回答。

紺野嘖了一聲，繼續往下說：

「……我也不是特別對歷史感興趣啦，只是聽說那個社團的指導老師不太認真，幾乎沒在社團露面過。學長說這麼一來，社團時間就能盡情抽菸，所以我才入社的。不過就算這樣，總也不好完全沒有社團活動吧？所以有時候，我們就在影印紙上隨便抄寫一些地方上的民間傳說，當作社團活動的內容。沒想到啊，這種地方上流傳的妖怪傳說還挺有趣的。其中也有山姥的傳說。」

「這麼說來，他就是山姥的兒子嘍？」山吹用手中的罐子指指一郎。

紺野點點頭，笑得很開心。「這傢伙不是一直提什麼山裡人、城市人的嗎？一直以來，山上和城市之間都存在著精神上的隔閡。住的世界也不一樣。住在山裡的人看住在城裡的人時，目光始終夾雜輕蔑與欣羨。這傢伙或許就是在這種敵意驅使下襲擊我們的。」

「現在可是網路時代了耶？交通也這麼發達，還會這樣嗎？」

「不是距離的問題。自古以來，住在山裡的人就是文明發展的犧牲品。故鄉沉入水壩底就是最好的例子。這樣的深層心理隔閡經過幾代人也不會輕易消失。可以說是跨越世代的隔閡。所以，城裡的人潛意識都恐懼著山裡人的報復。正是這樣的關係，創造了像山姥這類妖怪的概念。」

「山姥就是老太婆對吧？為什麼不是老頭子呢？即使上了年紀，男人還是比女人強啊。」

或許是酒精發揮了作用，山吹莫名投入這個話題，笑著問紺野。紺野就像被飼料吸引的小狗，往前探身說道：

「老太婆才恐怖啊。聽好了，在古早的年代裡，老太婆是很罕見的。」

「嗯？什麼意思？」

「女人要生小孩啊。近代醫療發達前，分娩對人體而言是非常危險的事，孕婦生產時的死亡率很高。這麼一來，能夠活到老年的人之中，男性比例自然高於女性。女人在變老之前死掉，在當時是很普通的事。正因如此，老太婆這種上了年紀的女人更令人感到詭異，又具有一種潛在的威脅性。」

「老太婆在民間傳說裡頂多負責撿桃子，要怎麼構成威脅性？」

山吹露出不解的表情，紺野接著說：

「自古以來，男人一直苛待女人。柔弱的女人對男人來說，是可以踐踏的對象。要是這樣的女人有了力量會發生什麼事？當然是對世界上的男人展開復仇吧。長命百歲的女人，說不定具備這種超越常理的力量。罪惡感造成的恐懼心理促成了山姥這種妖怪的誕生。」

有一搭沒一搭地聽著紺野扯淡，我想起亞紀。

雖然不是故意踐踏妻子，她也說過類似的話責備我。確實，我曾經一個火大就動手打她，這當然不是什麼值得稱讚的事。但是，我不認為那完全都是自己的錯。夫妻相處本來就是互相，彼此都有做不好的地方。應該是雙方都要承認這個，原諒對方才對吧。可是，她卻說得好像都是我單方面做錯事一樣，帶著女兒離開，讓我找不到她們。

大概不想再聽紺野長篇大論，緋村從旁插口：

「二樓狀況如何？山姥的房間裡有值錢的東西嗎？」

「上面什麼都沒有啦。老太婆的房間和兩個兒子的房間都只有髒亂而已。」

山姥的家啊……不知為何，一抹不安忽然掠過我的心頭。忍不住對坐在對面的緋村說：

「……確認過裡面了嗎？」

緋村疑惑地看著我：「裡面？」

「手提箱裡面。」

「沒有，我沒打開。為什麼這麼說？」

「確認一下。」

聽我這麼說，緋村挑起一邊眉毛：

「你認為他們已經偷走裡面的東西了？」說著，朝一郎望一眼。

「只是以防萬一。」

「箱子有上鎖喔。」

「有什麼關係。」山吹揚起手上的啤酒，笑著說：「他是想乾杯慶祝吧？看著自己的勞動成果，心情也比較踏實。」

「對啊，我也還沒好好看過東西長怎樣。就拿鑽石來當下酒菜好了，這或許是個好點子。」紺野也笑著贊成。

緋村看一眼躺在不遠處的一郎，沒轍似的聳聳肩，把桌上的手提箱拉過來。坐在暖爐前的紺野和山吹起身，走到緋村身邊，低頭看箱子。

我內心有不好的預感。OK繃底下的傷口微微抽痛。

手提箱使用的是號碼鎖。緋村指尖一一滑過數字鍵，轉出正確的密碼。

伴隨「喀嚓」的金屬聲，鎖打開了。

緋村掀開銀色箱蓋，露出裡面的東西。看到箱子內容的山吹和紺野愣在原地倒抽了一口氣。角度的關係，從我這邊看不到箱子裡面的狀況。

「怎麼了？」我問。三人都像凍僵一樣只是凝視著箱子，沒有回答。

到底發生了什麼事？我伸出手，硬是把手提箱轉向自己這邊。看見內容物時，不禁懷疑自己的眼睛。

鑽石不在箱子裡，取而代之的，是一顆黃色的果實。

只有一顆黃色的果實，埋在黑色緩衝海綿墊裡。不知道是檸檬還是日本柚子，總之，是顆孩童拳頭大小的柑橘類果實。

緋村默默拿起那顆果實。燭光照出凹凸不平的表皮，果實在緋村手中散發金黃色的光芒。

「喂、喂……鑽石呢？」紺野擠出嘶啞的聲音。

緋村在箱子裡翻找，找不出其他東西。緋村茫然低喃：「怎麼回事。」

我閉上眼睛。無處可發洩的怒火燃燒，滿腹都是黑色的火焰。一股衝動沿著背部攀升，想乾脆開槍殺死在場所有人算了。沒有了鑽石就拿不到錢，沒有錢我的人生就無法重新來過。眼前一陣天旋地轉。

冷靜下來。

我強行壓抑怒氣，調整呼吸。慢慢睜開眼睛。眼前的景色依然不變。金黃色果實端坐在沾滿血跡的餐桌上。身穿黑西裝、圍繞餐桌旁的男人們一臉呆樣，茫然失措。躺在我背後的是兩具屍體和一個瀕死的男人。外面暴風雨不斷。

「可惡！」我用力把啤酒罐往地上摔。金屬罐發出尖銳的聲音，甩著泡沫在地板上打轉。

站起身來，我走向躺在藍色塑膠布上的一郎。用鞋尖踢他的側腹說：「給我起來！鑽石上哪去了？」

肯定是被這傢伙偷走的。

一郎沒有回答。和他身邊被割喉而死的灰原一樣，即使微微睜開眼睛，從中感受不到任何意念。呼吸短促，胸部幾乎沒有起伏。指尖抽搐。嘴角像吐過血一樣染成暗紅色。

再踢一次，一郎仍未做出任何反應。這傢伙——

「……他快死了。」

我這麼說，紺野驚訝地站起來。「快死了？」

緋村和山吹也走過來，俯瞰瀕死的一郎。

「還不准死。」我再問一次。「鑽石上哪去了？」

不管問幾次一郎都沒有回答。或許耳朵已經聽不見了吧，無論用力踢他或朝他吼叫，他都毫無反應。

好一陣子，我們就這樣凝視著一郎。最後，他像全身空氣都漏光一樣用力呼出一口氣，之後就一動也不動了。

「……死了呢。」紺野說。

「看來剛才已經是彌留狀態，這傢伙剛才有說什麼嗎？」緋村問紺野。

紺野歪著頭思考，像想起什麼好笑的事似的揚起嘴角：

「不、沒什麼特別的……只是一直哭哭啼啼。」

圍著一郎的屍體，我們面面相覷。

我們確實拿到了鑽石。八十克拉的鑽石。至今從未見過那麼大顆的獵物。

今天白天，我們襲擊了珠寶行。如同事前獲得的情報，鑽石就在那。在內應的女人協助下，任務順利完成。除了預料之外的壞天氣，沒有發生任何問題。我們這夥人並不是一群好朋友，只為這個工作聚集，彼此從來沒見過面。不過，這對工作一點影響也沒有。我們沒有浪費一分一秒，成功拿到了鑽石。

當著所有人的面，山吹將搶來的鑽石放進了手提箱。我們在豪雨中鑽上預先準備好的車，直接開上這座山。這段期間內，箱子始終躺在山吹大腿上沒有離開過。在遇上意想不到的車禍前，途中不曾停車。手提箱離開我們視線的時間，只有來到這棟宅邸後，落入金崎手中至今的短暫期間。

鑽石消失到哪去了？

低頭看著死去的一郎，山吹說：「……會是這傢伙把鑽石藏起來的嗎？」

緋村搖頭推翻了這個說法。

「我不認為。這傢伙打從一開始就對箱子裡的東西沒有興趣的樣子。我也不覺得他曾打開手提箱。」

的確。一方面，這個箱子沒那麼容易打開，從外觀上來看，也沒有被強硬撬開的痕跡。另一方面，如果箱子打不開，一郎為了拿到密碼，一定會對我們嚴刑逼供。他不但可以這麼做，甚至樂於做出這種事。但他沒有這麼做。

如果不是金崎一家幹的好事——

我望向傻愣在原地的紺野和山吹。還有緋村。如果不是金崎一家，就是被他們之中的誰偷走了。假扮受害者，裝出一副震驚的模樣。我們之中的某人，或是某幾個人可能正在演戲。這些傢伙沒一個能相信。

「等等喔……喂、難道鑽石變成橘子了嗎？」

為了排解焦慮的情緒，紺野指著桌上的果實說。

沒錯。問題就在這個果實。這到底是什麼？就算鑽石被偷走，這個果實又是打哪來的？

我從桌上抓起果實。

拿起來就著燈光看。凹凸不平的果皮，看起來和日本柚子很像，但不是人工栽培的水果，有種野生植物的意趣。

難道鑽石真的變成了果實？

我反芻著紺野說的話，雙手包覆果實。柑橘類夾帶酸味的獨特芳香刺激著鼻腔。

就在這時——

腦內靈光閃現。果實的芳香彷彿提神藥，照亮模糊不清的意識。但是，瞬間又重回一片黑暗中。

視線回到手中的果實，剛才閃過腦中的光線還殘留微弱的光芒，在心中慢慢擴散。彷彿看見了在這之前連自己都沒察覺的某個迷霧中的存在。與此同時，一股不明來由的不對勁感覺急速膨脹。

有什麼、有什麼不太對——

我凝視手中的果實。扭曲的果實中，某個重要的東西正逐漸浮現輪廓。然而，就在成形前的一剎那，又受到不知誰的阻礙，再次失焦。

懷疑的念頭不斷在我心中打轉。

「……我們開的車，車種是什麼？」我依然盯著手中的果實，自問般地低喃。思考無法匯聚，話也說得斷斷續續。「我們……我們用來……逃亡的車。」

抬起頭，緋村和山吹詫異地看著我。或許因為我的語氣聽起來像在說夢話。

我再問一次。「我們選了一輛不起眼的國產大眾車。黑色的小型車。沒錯吧？」

「這有什麼問題嗎？」山吹像看著什麼詭異的東西一般皺起眉頭。「你還好吧？」

「那輛車只坐得下五個人。」我繼續說。只要把話說出口，說不定就能看清那莫名不對勁的感覺是什麼。「……我們現在，總共幾個人？」

聽了我的話，緋村一臉疑惑地回答：

「你想說什麼？」

我回頭看藍色塑膠布。上面有三具屍體。剛斷氣的金崎一郎，以及我們的兩名同夥。我用視線一邊數，一邊喊出現在變成屍體的同夥名字。

「白石、灰原……」再次轉回餐桌，依序指向圍著手提箱的男人。「紺野、山吹、緋村、我……為什麼我們……有六個人？」

我將手中的果實丟到桌上。果實滾啊滾的，停在燭台前。滾動時沾染了桌上的血跡，黃色果皮有一部分變成深褐色。

三人愣愣地望著果實。

過了一會兒，紺野撇了撇鬍鬚，笑著打圓場：

「六個人又怎麼了嗎？」

這傢伙腦袋真差。我回答紺野：

「那輛車載不下六個人。」

「你不記得了嗎，柴垣？那輛車空間感覺很狹窄，就是因為大家都擠上車了吧？」

你這大塊頭，把自己塞進車裡時還一臉不爽咧。」

「你真的認為那輛車擠得下六個大男人嗎？」

「你是不是失血過多，腦袋不清醒啦？實際上這裡就是有六個人。既然如此，那就一定載了六個人吧。」

「你還記得誰坐在哪個位子嗎？」

我這麼問，紺野一副理所當然的語氣立刻做出回答：

「開車的是緋村，山吹坐在副駕駛座。我坐後座靠左邊車窗的位子，你……你坐我旁邊不是？」

我搖搖頭。「我坐右邊靠窗的位子。」

「啊、是喔？那就是這樣吧……你坐後座靠右邊車窗，我們中間坐了白石和灰原……不對、等等喔。」

說到這裡了才開始對自己的記憶失去信心嗎？紺野的聲音愈來愈小。看來，他終於發現那輛車的後座不可能容納四個人了。

山吹從旁插話：

「我記得白石老弟坐在後座中間的位子，他左邊是灰原老弟。」

「不、不對不對。」紺野睜大眼睛。「我想起來了啦，白石左邊坐的人是我啊……對吧緋村？」

被紺野徵求同意的緋村皺眉望向半空。思索了半晌，他才勉強說：「……我想不起來了。」

哪可能有這種事！紺野高聲喊叫。

緋村偏了偏頭，露出回溯記憶的表情，接著說：「……只是，說實在的，我也認為不可能六個人搭著那輛車來。」

「為什麼這麼說？」山吹問。

「按規定，那輛車最多只能乘坐五人。超載要是半路遇到警察，一定當場被攔下。我不認為我們會做出這麼愚蠢的事。」

「喂喂，那等一下喔。」山吹笑得有些為難，環顧眾人。「我搞不清楚到底怎麼一回事了。可否說得讓人好懂一點？我們的人數和鑽石消失的事有什麼關係嗎？」

我回答：

「不知道，只是我們的確只有五個人。可是，現在有六個人。」

暴風咆哮的聲音愈來愈大，暖爐裡的火燒得劈啪作響。

現在有六個人。說出這句話的我自己也很困惑。我和山吹一樣搞不清楚到底怎麼一回事了。回溯記憶，試圖想起什麼，卻立刻有東西像一堵堤防般擋在前方，思緒無法繼續往前。思考宛如上了枷鎖，處處受到限制。而且，似乎不只有我這樣。緋村、紺野和山吹也是，所有人安靜下來，大家都拚命想看清腦中那片濃霧裡到底有什麼。

我們像抓著僅有的線索，緊盯著染血的果實不放，好一段時間都說不出話。

若說有一個人是多出來的——

我望向三人的臉。緋村、山吹、紺野。

那個人是誰，又是何時混入我們之中的？是這三人中的其中一人，還是死去的兩人之一？追根究底，混進來的真的是人嗎？

視野忽然扭曲，我將目光移到染血的果實上。不知是否酒精加貧血令我失去平衡感，以果實為中心，我陷入周圍景物開始旋轉的錯覺。頭好痛。感覺背上冷汗直流。

這時，有人伸手抓住果實。

是紺野。他把果實拿到眼睛前面，緊盯著不放。好一會兒，才用有些困惑的語氣開口：

「御眼大人……不、是巧合嗎？可是這……」

紺野凝視手中的果實，嘴裡喃喃叨唸。

「你在說什麼？」緋村問他。

紺野目光依然落在果實之上，語氣茫然地回答：

「我們說不定……被妖怪給迷了。」

「被妖怪迷了？」緋村重複一樣的話。

「這叫取雪。」

「你是說這種橘子的名字嗎？」
「對。」
「第一次聽到耶。」緋村歪了歪頭。我以前也沒聽過。
紺野點點頭，繼續說：
「原本好像是植物之間自然交配產生的野生果實，除了這一帶，其他地方沒有生長。我小時候還有農家栽培過，只是味道太酸無法生吃，通常拿來作果凍或橘醋醬等，這些加工食品也成為地方上的特產。有點像是現在說的農村振興事業。」
話題好像扯遠了，不知道他想表達什麼。
「你剛才說我們被妖怪給迷了是怎麼回事？」緋村一催促，紺野就望向被自己稱為「取雪」的果實，靜靜地說：
「山之眼，你們聽過嗎？」
誰也沒有回答。紺野再次開口：
「那傢伙不是說過嗎？道祖神的名字，他稱為御眼大人。我一直覺得好像在哪聽過這名字，看到取雪終於想起來了……」說著，紺野用張開的兩根指頭指向自己的眼睛。「山之眼，山的眼睛。也有人說『山之御眼』或單純只稱『御眼』的。」
御眼……御眼大人？

「一郎他們崇拜的神嗎？」緋村問。紺野點頭。

「我不是很確定御眼大人是否就是山之眼，也不知道那是不是某種神靈。我是在鄉土史研究社認識山之眼的。根據我讀到的資料，這是某種地方上的傳說。」

「那和現在的狀況有什麼關係？」

「有沒有關係我也不知道。只是，情形和我讀過的山之眼傳說有些莫名相符的地方……那個傳說是這樣的。」

於是，紺野開始說起「山之眼」的傳說。

某處深山裡，有兩個男人。兩人都是樵夫。

啊、不，好像是獵人……我忘了。

總之，這兩個男人在山裡工作得太晚，來不及下山。

天黑之後，又下起豪雨。兩人放棄下山，決定在山中小屋住一晚。

因為肚子也餓了，就在地爐裡生火烤麻糬。因為有兩個人，就烤了兩塊。

外面是伸手不見五指的漆黑……大概是啦。

等待麻糬烤好時，突然從外面傳來敲門聲。

這是杳無人煙的深山，不可能有人路過。

害怕的兩人決定裝作沒聽見，敲門的聲音卻持續不斷。

不久，門無聲地打開。

黑暗中浮現一雙眼睛。

只有眼睛，很大的一雙眼睛。身體長怎樣就不知道了，資料裡也沒寫。

回過神來，發現圍著地爐的有三個人。

……不，不是我說錯喔。不是兩個人，是三個人。

爐上只有兩塊烤麻糬。

不知何時，有個不是人的人混進來了。

大家都怕得不敢說話。後來，其中一個男人說：

我們之中，有山之眼。

另外兩人怕得動彈不得。妖怪混進來了。

男人繼續說：

山之眼，是水之面。

兩人怕得渾身格格打顫。

男人又說：

山之眼，正看著呢。

你們猜後來怎樣了？

發抖的兩人，把說話的男人殺了。

所謂的山之眼，就是會混入人類之中造成威脅，將恐懼的人類吃掉的妖怪。

被殺死的男人煽動了恐懼。

所以說那種話的人一定就是山之眼。在這樣的推論下，說話的男人被殺死了。

隔天早上，兩人將殺掉的男人屍體掩埋。

後來，某個有智慧的人，在埋屍的地方種下一棵樹。

會結出黃色果實的樹。

從此之後，山之眼就不再出現了，就是這樣的傳說——

紺野說完後，指著桌上的黃色果實：

「被種下的那棵樹結出的黃色果實，就是這個。」

「取雪。」

剛才刺激我鼻腔的那股芳香依然強烈。總覺得這氣味能驅散腦中的迷霧。

「……驅邪。訛傳之後變成了取雪啊。」我這麼低喃，紺野揚起嘴角微笑。

「沒想到你這麼有觀察力，紫垣。沒錯，取雪被視為能驅除山之眼的祛魔道具。就像拿蒜頭對付吸血鬼，或是端午節用來避邪的菖蒲。對山之眼來說，取雪就相當於那個，也就是山之眼的弱點啦。」

「唔嗯……」山吹雙手盤在胸前東張西望。「換句話說，為了趕跑那種妖怪，特地種下一棵柑橘樹？還真費工夫啊。」

紺野不耐煩地聳肩：「我哪知道，只要直接把取雪塞進妖怪嘴裡就行了吧？」

「牠有嘴嗎？不是說只有眼睛？」

「那就塞進眼珠裡啊。我又不是妖怪博士，不要問得這麼詳細啦……是說，這個傳說最可怕的地方在於結局。那可不是『從此過著幸福快樂日子』的結局喔。」

「為什麼？不是已經殺掉妖怪了嗎？」山吹這麼問，紺野咧嘴一笑。

「聽清楚，剛才那個故事裡，有任何地方提到『殺死妖怪』嗎？根本沒這麼說吧？」

「不是埋掉了？」

「對，是埋了什麼。但你想想喔，一般傳說裡的妖怪被識破真面目時，不是都化成一陣煙消失之類的嗎。可是這個故事裡的妖怪卻被殺了，屍骸還被埋進地裡，難道不覺得太寫實了點？」

山吹露出疑惑的表情：「……會嗎？」

「那兩人殺死的，真的是妖怪嗎？不，我不這麼認為。被殺死的男人不是在煽動恐懼，他只是想揭穿妖怪的真面目罷了。」

「你是說，被殺死的其實是人類？」

山吹這麼問，紺野點點頭。

「也可以這麼解釋。這就是這個故事有趣的地方。」

「……這故事說的是人性吧。」緋村靜靜地說。

紺野點頭，似乎很滿意這個答案。

「被殺的是人類還是妖怪，這種事根本不重要。只要能活下來就夠了，能不能分到一份麻糬才是最重要的事。只要找得到正當理由，犧牲誰都無所謂。這就是人類。這個故事想說的應該是這個吧。」

搖曳的燈芯，照亮紺野的表情。

「我倒是聽不太懂……還有，中間那句『山之眼，是水之面』是什麼意思？」

「我不記得意思了，只記得有這麼一句。」

這時，一直沉默的緋村提出疑問：「那個……是叫山之眼來著嗎？為什麼金崎他們會信仰這種東西呢？」

紺野皺眉說：「我哪知道那種神經病在想什麼啊……不過，總之啦，眼前的狀況和我看過的那個傳說不是一模一樣嗎？」

緋村面露苦笑。「請等一下，你是認真的嗎？真的認為那個叫山之眼的妖怪混進我們之中了？」

「我也不想相信啊……可是，紫垣說得沒錯。」這麼說著，紺野一一環視大家，苦著一張臉壓低聲音說：「……我們之中，好像真的多了一個人。」

紺野的聲音在屋內靜靜迴響。

「……你的意思是，山之眼混進我們之中了？」緋村強打精神笑著這麼說。「按照故事的走向，現在說這話的你不就得扮演第一個被懷疑，甚至被殺害的角色了？」

紺野像是從緊繃中獲得解放，喘了口氣回應：「這推論太草率了吧。」

緋村看看眾人，慢慢說道：

「我整理一下……的確，我們的人數不太對。我也這麼覺得。並不是相信紺野先生說的話，但確實產生了這種錯覺。」

「錯覺？」我朝緋村望去，他大大點頭。

「遇到土石流之後，我們一直置身遠離現實的異常狀況中。」

紺野高聲喊：「難道你的意思是，我們所有人都陷入歇斯底里了嗎？」

「我沒這麼說。只是，有夥伴死了，而我們不但被下藥還差點被殺，所有人現在的精神狀態應該都不太正常。」

「我很正常，完全正常。」

「所有人都認為自己正常吧。再說，就算大家都正常，這和山之眼的傳說是否為真仍是兩回事。」

山吹看著一郎的屍體說：「這個家裡的人都帶點妖怪的特質啊。」

紺野興奮拍手。

「確實如此。說什麼御眼大人怎樣的，不是綁人就是殺人，這幾個傢伙不正常啊。這個家裡的人說不定是妖怪變的。」

「這倒不是。」我提出否定。「……雖然不正常，但他們是人類。」

「你怎麼能說得這麼肯定？」紺野不服地尖起嘴。

「妖怪會偷東西嗎？」

紺野用山姥比喻那個老太婆。這一家人的確瘋狂，但我確信他們是人。妖怪不需要偷盜人類的財物過活，也不會看到槍就嚇得逃跑。那些舉止反而更證明他們是人。這幾個傢伙只是普通人類，若說真有妖怪，肯定在我們之間。

不知是否跟我有一樣的想法，眾人沉默不語。

不只紺野和山吹產生無以名狀的懷疑，連緋村也顯得坐立難安。彼此交換的視線開始流露不曾有過的詭異神色。這是懷疑的神色。和恐懼的神色或背叛的神色也很像。這些神色之間有著微妙差異，不過都是相同色系。

對了。亞紀的眼裡也帶有這類神色。懷疑的神色。恐懼的神色。因背叛而心中有愧的神色。就連從只是短暫相處的這群同夥身上，都能感受到這些神色的微妙變化，更何況是相處多年的夫妻。所以我——

柴火暖爐發出「叩隆」一聲，是裡面的柴薪燒斷掉落的聲音吧。火勢減弱，室內比剛才冷了點。

山吹站起來，打開暖爐正面的門。用火鉗夾起一根堆在旁邊的柴薪，丟進暖爐。得到新的燃料，火焰慢慢吐出火舌蠢動。

我將思考拉回現實。取雪依然在桌上。不管定睛看幾次，那都只是一顆果實。沒有化成妖怪，也不是虛幻。現實中，它就在那裡。這是確實無誤的事。我們的鑽石消失，被調包成了取雪。

「人數的事情姑且先不管。」緋村重啟話題。「……現在可以肯定的是，鑽石從箱子裡消失了。取而代之的，是這顆取雪。」

「或許是山之眼幹的好事。」紺野認真地說

緋村重複了一次我剛才說的話。

「山之眼會偷東西嗎？」

「這個嘛……」紺野吞吞吐吐。

「既然如此，搶走鑽石的就是人類。」

沒錯。就算現在真的有妖怪……就算山之眼真的混進我們之中，我也不認為妖怪會對金錢產生欲望。只有人類才會不惜背叛夥伴也要奪取金錢。得搶回鑽石才行。

「別用那種眼神看我好嗎？」山吹不悅地瞪著我。

我也知道自己的表情愈來愈難看，視線或許在不知不覺間投向了山吹。

從拿到那顆鑽石至今，若說有什麼時機可以調包，就只有車禍後眾人失去意識的那段時間了。那段時間，箱子一直都在山吹身上。緋村和紺野也該知道這一點才對，之所以沒說出口，只是因為沒有證據懷疑山吹。

我毫不掩飾內心的懷疑，這麼問：

「鑽石難道不在你身上嗎？」

「我？」山吹變了臉色。

「箱子一直都在你手中。」

「誣賴人也該有個限度。」山吹表露出嫌惡的態度。「所以你就能懷疑我嗎？你認為我背叛了大家？」

「你有這個機會。」

「我沒有背叛大家。」

「你能證明嗎？」

緋村和紺野默默聽我們對話。

山吹像在按捺怒氣，接著緩緩開口，嘴唇顫抖。

「……我知道了。沒錯，你說得對紫垣老弟，是我偷的，趁你們昏倒在車內時從箱子裡偷走鑽石，還不知道從哪裡拿出這顆橘子塞進去。這就是你想說的對吧？」

「…………」

「那你知道我把偷走的鑽石藏在哪嗎？八十克拉的大鑽石喔。我能把它藏在哪？你說得出來嗎？告訴你，其實我把它塞在我屁眼裡了。如何，怕了吧？……來啊，你不是懷疑我嗎？那就殺了我，把鑽石搶回去啊！」

山吹睜大憤怒的眼睛對我這麼說。

我默默凝視山吹的眼睛。總是穩重沉著，面帶微笑的這傢伙，第一次表現得這麼憤怒。這看上去像是因自己受到懷疑而產生的怒氣，而不是為了掩飾自己背叛的態度。

「來啊，動手啊！」山吹大聲怒吼，朝我丟出手中的啤酒罐。「用你的槍打死我啊！」

啤酒罐打中我胸口，掉在地上發出聲音滾動。

山吹漲紅了臉，齜牙咧嘴大叫：

「給我聽著！我是最後一個從車裡出來的喔，在我還沒清醒的時候，你們任何一個人都有可能來碰箱子不是嗎？」

緋村和紺野閉口不語。沒錯。只要有那個意思，任誰都有調包鑽石的機會。

最後爬出車外的是山吹。如果調包的人是他，不可能悠哉地在車裡躺那麼久。再說，箱子就在自己手上，又有什麼必要調包。

「當時至少應該要搜身的。」紺野說。

「你說什麼？」

山吹對紺野露出憤怒的表情，紺野趕緊補充：「不是啦，不只限於你啊，當然是包括我在內的每一個人。」

「這意思是我們之中有誰偷了鑽石嗎？」緋村質問紺野。

「我只是想確認不是這樣啊。事實就是鑽石不見了。說鑽石是被人類奪走的人，可是緋村你呀。」

「既然如此，從我開始搜吧。」山吹站起來，舉起雙手看著我。「一直被懷疑也很不舒服。」

紺野走向山吹，伸手摸他的外套。山吹自己拉出褲子口袋，裡面沒有任何東西。

「要查我的屁眼嗎？」

仍難掩怒意的山吹這麼問。紺野苦笑搖頭「還是不要好了」。

接著紺野搜了緋村的身。不過，鑽石也不在緋村身上。

紺野自己拉出外套口袋，表示他沒有拿走鑽石。山吹搜了紺野的身，搖頭說什麼都沒有。

「接著輪到你了，紫垣。」紺野走向我。

我站起來，拿出口袋裡的打火機和香菸，丟在餐桌上。

「不准碰槍。」我警告他。

「好啦、知道啦。」紺野不耐煩地觸碰我的身體。

當然什麼都沒找出來。

「看來鑽石不在我們任何一個人的手上呢。」紺野鬆了一口氣，攤開雙手。

我朝藍色塑膠布望去。

「也要搜他們的身。」

灰原和白石已經死在那裡了。紺野與山吹面面相覷。

「他們是死人喔。」緋村皺眉。

「剛才還活著。」我離開桌子前，走到並排的屍體前。只要再往前走一點，就會踢到他們的腳。

「連他們都懷疑……」

緋村用指責的語氣這麼說，我裝作沒聽見。會背叛同夥的，未必是活下來的人。

緋村嘆口氣，像在說我無可救藥。

我們低頭俯瞰屍體。

脖子被切開，和一郎銬在一起的灰原的屍體，微睜的眼睛似乎想對我們控訴什麼。脖子上的傷口裂縫中露出淡粉紅色的肉。

「誰幫他闔上眼睛吧。」紺野嘟噥著蹲下來，在灰原的衣服裡摸索。不過，從灰原身上也沒搜出什麼。

緋村跟著掀開覆蓋白石的毛毯。死後經過幾小時了呢，第一個喪命的白石已經完全失去血色，浮腫的臉上雙眼緊閉。緋村檢查了他的身體，什麼也沒有找到。

「不在我們這夥人手上呢。」緋村將骯髒的毛毯蓋回白石臉上。

「滿意了嗎？」山吹用冷冷的視線看我。

我望著桌上的取雪。

鑽石不可能變成果實，也不可能化為一股輕煙消失。鑽石一定在哪裡。但是到底在哪裡？

我邁開腳步。雙腿忽然感覺無力，瞬間一個踉蹌。

「你要去哪裡？」

「去車上找找。」我回答。

既然鑽石不在這裡，只可能在車上了。有必要調查車內。

緋村驚訝地看著窗外。「你要去外面？」

「沒錯。」

「這種天氣下？」

外面風雨咆哮，正下著狂風暴雨。

「……那又怎樣。」我拿起手電筒。

才剛踏出一步，腳下又是一陣不穩。但是現在顧不了那麼多了。沒有鑽石一切都是白搭。儘管我並未抱持太大期待，也不認為輕易就能在車內找到，但也無法默默坐在這裡。

拿起掛在牆上的雨衣披上，我朝藍色塑膠布看一眼。灰原和白石躺在上面。和原本一樣蓋著毛毯的白石看不到臉，灰原依然張著眼皮，混濁的眼珠面對半空，在柴火暖爐的映照下，屍體的眼珠發出橘色的光。

頭暈腦脹，我忍不住閉上眼睛。腦中浮現躺在藍色塑膠布上的屍體。女人的屍體。那雙責怪我的眼睛。

「請等一下。車子讓我來調查吧。」緋村在我背後這麼說。

說什麼傻話。

我暗自咒罵。誰都無法相信。

頭好痛，視野搖搖晃晃。走起路來跌跌撞撞，我急忙用手撐住牆壁。

「請坐下來吧。這樣下去你會死的。」緋村再次這麼說。

囉唆。我回過頭，映入眼簾的事物令我全身為之凍結。

緋村身後的窗戶外，站著一個人。那個隔著緋村看我的女人是亞紀。亞紀凝望我的眼裡，有一抹嘲弄的神色。

為什麼她會在這裡——？

見我愕然呆站在原地，紺野跟著我的視線望向窗外。

亞紀的身影消失了。

我咬緊牙根。妻子不可能出現在這裡，看來我真的流了太多血，才會出現幻覺。

我是不是快死了？

緊接著想到的是山之眼，混入人類之間的山中妖怪。我之所以看見亞紀，其實是牠製造的幻象。比起焦慮，現在的我感受到更多恐懼。我不想再回到被奪取的一方了。無論是這妖怪還是亞紀。

我打開手電筒，走出大廳。結果其他三人都跟了上來。與其說是擔心我，不如說是擔心鑽石吧。

打開玄關大門，喧囂的雨聲立刻鑽入耳中。狂風吹拂下，雨水不規則地敲打在身上的雨衣。手電筒照亮黑暗，看見門外樹木如波浪般起伏。

紺野發出驚呼：「你們看那個！」

雜亂的院子裡，我們開來的車就停在那。前方有一台大卡車，卡車後方的一條繩索連在車子上。

「被拖過來了啊。」山吹低聲說。

把我們銬在椅子上那段時間，金崎兄弟外出了一會兒。似乎是特地回到暴風雨中，將車禍翻覆的車拉回這裡來。

我左右移動手電筒，沒看見金崎二郎和他們的母親。

當然，也沒看見亞紀。

我們走向車子。皮鞋陷入泥濘，褲腳濡濕。撕裂黑暗的暴風發出怪鳥一般的叫聲。

車子和我們離開時沒有兩樣。前方擋風玻璃碎裂脫落，受土石流襲擊的後座車門歪斜。那根樹幹也還插在後車廂裡。金崎兄弟連除去這些東西的時間都不願浪費，就這麼直接把車拖回來了吧。

讓手電筒光線照進駕駛座，斜打上來的雨點反射LED燈光，形成一條從黑暗中浮現的光帶。擋風玻璃破裂的緣故，雨水直接下在駕駛座上。

山吹打開副駕駛座的車門。車身雖然扭曲，車門倒是一下就打開了。在我們的注視下，山吹放倒椅背，摸索座椅下方。也檢查了前座的置物箱，裡面什麼都沒有。

後座被黑色的泥土染髒了。可能是土石流撞破窗玻璃時一起灌進來，又或者樹幹刺穿後擋風玻璃時一起帶進車內的吧。印象中我坐的右側靠窗位子上也滿是泥濘。

再次打量這個後座，怎麼也不認為容納得下四個大男人。當時坐在我左邊的人是誰呢？總覺得應該是白石，但又好像是紺野。即使努力回想坐在車內時的景象，記憶卻模糊不清，難以形成清晰的畫面。就像睡醒時無法清楚描繪夢境內容那樣，只留下隱隱約約的印象。

紺野打開後座車門，身體鑽進車內。緋村站在他後面用手電筒照進內部。紺野搜尋了一下座位附近，不久便下車大喊：

「什麼都沒有！」

我也不認為這麼順利就能找到鑽石。我連自己在找什麼都不確定，只是想獲得一些關於鑽石下落的線索。

緋村繞到車後方，照亮行李廂。那根樹幹依然插在後擋風玻璃上，所以上掀式的行李廂門打不開。長滿樹葉的樹枝蓋住行李廂，看不清裡面的狀況。山吹從旁伸出手，壓住被雨打濕的樹枝。

似乎察覺什麼，山吹停下手。「喂，這是……」

我睜大眼睛看出現在那裡的東西。

光線下浮現了熟悉的黃色果實。是取雪。

埋在黑色樹葉裡的取雪散發光芒。仔細一看，還不止一顆。樹枝上結出好幾顆黃色果實，藏在繁茂的樹葉下。

山吹摘下一顆，就著光線看。和手提箱裡的那顆一模一樣。

「這是取雪樹嗎？」緋村撫摸樹枝，發出呻吟般的聲音。

車禍後我們光是爬出車外就費盡力氣，沒空留意插進後車廂的這棵樹幹。跟著土石流撞破後擋風玻璃的，原來是結滿果實的取雪樹。

我們沉默凝視那黃色的果實。

紺野訝異地低喃：「這到底怎麼回事？」

「可以確定的是……」緋村語帶猶豫地說。「在車禍現場用果實調包鑽石的可能性變大了。」

「可是，是誰做出這種事？」

「這就不知道了……」緋村閉上嘴巴。

手提箱裡的取雪，肯定就是從這裡得到的了。這麼說來，鑽石被調包的事，發生在車禍至今這段時間內。如果不是金崎一家幹的，就是這三個人裡的誰偷走了鑽石。叛徒會是誰呢？我用不俐落的腦袋思考。未必是這三個人。已經死掉的兩人也可能調包鑽石。

知道手提箱解鎖密碼的人有誰？被殺的灰原年輕又沒有存在感，在這群人中只不過是個跑腿的。主導計畫的緋村只讓每個人知道與自己任務相關最低限度的資訊。緋村注重安全，這就是他的作風。正因如此，緋村才讓最受信賴的山吹負責保管手提箱。

白石呢？那傢伙或許知道解鎖密碼。只是，那傢伙有點不知變通，是個莫名古板，不懂先想好退路的傢伙。也可以說是個少根筋的好人。比起騙人的一方，他更像會被騙或遭人背叛的一方。儘管半信半疑，在這樣的狀況下，我確信了一件事。

從皮帶裡拿出手槍，槍口對準某人。

「是誰幹的？」左手拿著手電筒，照亮槍口瞄準的緋村。

「喂……！」山吹憤懣地朝我踏出一步。

我扣下扳機。撕裂風雨的槍聲響起，子彈掠過山吹的臉頰，穿過雨絲飛進黑夜中。

「再靠近我就殺了你。」槍口瞄準山吹，子彈應該還有五發。下次我會毫不猶豫開槍。山吹停下腳步，朝緋村投以責怪的視線。

紺野錯愕在一旁，隨即高聲說：「紫垣，你在做什麼！」

「誰偷了鑽石？」我這麼問，緋村舉起雙手。

「請你冷靜點。」緋村回答。

我依然舉著槍，看向他們三人的臉。所有人都露出緊張的神色。

「紫垣先生，請不要這樣。」緋村慢慢開口。「我們誰都沒拿。」

「不。」我搖頭。「就是你們之中的誰拿走的。」

「你怎能這麼肯定？」

我回答緋村：「白石是被人殺死的。」

「什麼？」緋村露出疑惑的表情。

我知道，白石不是死於車禍。他是被殺的。殺了那傢伙的人，一定就是叛徒。

車禍發生後，我在灰原的幫助下離開車子時，白石已經死了。說是被壓在車子底下的白石屍體，當時已經拉出來躺在地上。我看到白石的屍體時就覺得有點可疑。正好緋村和紺野沿路往前察看，我就趁機調查了白石的屍體。

白石胸部沒有受到強力壓迫的痕跡，身體也沒有受傷。看起來一點都不像被車壓死的。後腦出血反而更像他的死因。應該是摔出車外的時候撞到頭了吧。一開始我也這樣想，檢視了白石頭上的傷，然而，不對勁的感覺更加強烈。

那傢伙後腦的傷窄又深，不像是猛力敲擊地面造成的傷口。我當然不是醫生，但毆打造成的傷口我看多了。白石的傷，明顯來自人為毆打。應該是用什麼硬物重擊，且反覆毆打了好幾次。

「……白石是被人打死的，兇手就是你們之中的某人。」

我這麼說著，環顧三人表情。緋村臉色不變。紺野睜圓眼睛，顯得很震驚。

山吹用夾雜疑心的視線看我。「為什麼白石非被殺死不可？」

「這還用說嗎？」我將槍口轉向山吹。「人數愈少，分到的愈多。」

「你又在懷疑有人背叛了嗎？我們可是夥伴耶。」

什麼夥伴啊，蠢材。

「就像山之眼傳說一樣，只有人類才會為了活下去、為了多分一份而殺死夥伴。」說完，我自然而然發出抽搐般的笑聲。紺野面露苦澀神情。

一陣寒氣竄過背部。持槍的手發抖，難以壓抑。

「總之，請先放下槍。」緋村說。「……這樣下去會死的。」

「少囉唆！」我吶喊著，槍口對準緋村。感覺意識愈來愈模糊，像陷入迷霧。為了擺脫那片霧，我用力甩頭。「鑽石在哪裡？」

三人沒有回答我的問題。

我知道山吹正在偷找機會慢慢往前。

看了就不順眼。

強烈的怒火中燒，不如乾脆把他們全殺了。想和家人重新來過需要錢，錢永遠都不嫌多。如果鑽石只屬於我，就能拿到夠多錢了。問題是，我一個人能不能找到那顆鑽石。

就在這時，背後閃過一道光。

像閃光燈一樣一閃而過的光，透過車身側面的後照鏡反射。眼角瞥見後照鏡中映出的光景。站在那裡的身影深深烙印在我視網膜上。

我不假思索回頭，雷聲隆隆。

「亞紀！」我大喊。

光照在妻子剛才站的地方。什麼人都沒有。不、光亮深處看得見亞紀跑走的背影。

下一瞬間，劇烈衝擊將我撞倒在地。手槍脫離手中，滑過泥地。

轉身一看，山吹抱住了我的腿。我掙扎著想起身，山吹卻騎到仰躺的我身上，雙手勒住我的脖子，被刺傷的地方一陣劇痛，差點呼吸不過來。同時，不知為何腦中浮現亞紀的臉。

「把槍撿起來！」是紺野的叫聲。

我揮舞手中的手電筒。手電筒打中山吹的鼻子，勒住我的手瞬間鬆開。

我右手朝掉落的槍伸去，在泥水裡撈了幾下，指尖摸到槍。腦門一熱，扣下扳機，槍聲響起，山吹嚇得放開手向後跳。

我將槍口對準山吹，撐起自己的身體。緋村和紺野彷彿全身僵硬般站在原地。山吹跌坐在地，朝我露出不甘心的表情。

我站起來，慢慢拉開與他們三人的距離。呼吸困難，腦袋愈來愈沉重。脖子上的傷更痛了，或許還在流血。

對了，亞紀呢？

我背對三人跑開，後方傳來緋村的叫聲。

剛才亞紀朝宅邸後方跑掉了，我也往那裡奔去。

宅邸的院子很大，但堆滿了舊輪胎、木材和各種不明用途的破銅爛鐵，跑起來很困難。我在夾縫之間前進，泥濘絆腳，無法隨心所欲行動。拿手電筒照亮前路，光圈中不見人影浮現。

「亞紀！」我再叫一次妻子的名字。

按道理亞紀不可能出現在這邊。但是，這次的工作她也知道，我告訴過他。

現在的我連夥伴的人數都不確定。不知道是被妖怪迷了，還是失血過多造成的意識不清。

我研判亞紀跑到宅邸後方，自己也繞到這裡來。圍繞宅邸後方的是一座雜樹林，樹與樹之間還生長著茂盛的矮竹。用手電筒往裡照，光線立刻被黑暗吞噬，無法照出林子裡面的狀況。

「妳在那裡嗎？」

我朝森林深處喊話，沒有人回答。只有風聲呼嘯而過，吹得竹葉發出沙沙聲響。光線照出的雨霧裡，有那麼一瞬間閃過白色的女人身影，很快又消失在樹林中。

我從沒有矮竹的地方踏進去。地面凹凸不平，鞋底打滑。用燈光照亮腳邊，發現地上有深深的車輪軌跡。從等間隔的胎痕特徵來看，這不是一般汽車的輪胎，應該是大型卡車或農用機具的輪胎。

仔細一看，發現周遭散落不少垃圾。有布片、瓶罐，也有類似餐具的物品。茂密的植物底下到處都是這些東西。

呼——

似乎聽見誰吐氣的聲音。

在這暴風雨中？

我停下來，手電筒朝林木之間照。沒有人。我轉身再轉身，四面八方都照了，感覺不到任何人的氣息。周圍只有雨水打在樹上的聲音。

剛才聽到的吐氣聲，我似乎在哪裡聽過。什麼時候聽到的？想不起來了。

雨衣的帽子不知何時垂在背上，斜打下來的雨直接淋濕了我的頭髮。貼在脖子上的OK繃吸飽了水，已經脫落一半。我撕下OK繃當場丟棄。接觸傷口那一面沾著我的血污。

我知道亞紀那女人為何追來。她想妨礙我從頭來過。

她否定我的一切，從我身邊離去。我要求她給我機會，她卻堅決不肯。孩子需要父母，但無論我如何說服她都沒用。揍了那孩子確實是我不對，這不是什麼值得稱讚的事。可是，我無法克制怒氣是因為我病了。不是我的責任。只要陪我一起面對，好好處理，我一定也會變回正常人。做妻子的不就該和丈夫同甘共苦嗎？全家人一起從頭來過。可是，亞紀卻用孩子的安全當藉口，把孩子帶走了。把我說得像是個暴力又沒經濟能力的窩囊廢。

我踉蹌前進，頭暈目眩，腳步搖擺不定。喧囂的雨聲聽著好刺耳，風吹動竹葉的聲音聽起來好像笑聲。

手頭有錢的時候，亞紀也不會離開我。一旦沒錢了，她就開始責怪我。說我無視自己的過錯，說我是個有缺陷的人，說我無法保護孩子。這些都是在放馬後炮。

小時候家裡還算富有，現在想想都覺得好笑，當時家裡還能供我去學小提琴。可是後來父親生意失敗，家中狀況為之一變，一家人很快就分崩離析。說到底，想從頭來過需要的就是錢。只要有錢，一家人就能恢復原狀。

呼——

又聽到那聲音了。深深吐出一口氣般的呼氣聲。夾帶雜音的呼氣聲。聽起來比剛才更近。

朝聲音的方向舉起手電筒。

在那裡。

像是從黑暗中切出一個圓形的光環，光環裡有個女人的背影。是亞紀。她正慢慢朝森林深處走去。

「亞紀！」

我叫她，妻子卻不停下腳步，甚至沒有回頭。

「等等！」我大喊。「這次一定會順利的，我快拿到錢了，我們一家三口從頭來過吧！」

一陣漩渦般的強風吹起，暴風穿過林間，夾帶淒厲的雨聲。就算這樣，她還是應該聽得見我的聲音才對。但那女人偏偏就是不停下來。

我追上去。腳步沉重，無法如想像中的縮短距離。水滴從眼角流下，使我看不清前方。我舉起拳頭揉眼，感覺有某種濁黑的東西在胸中翻湧。

為什麼我非得這麼落魄地追著這女人跑不可啊！

那時也是。我費盡千辛萬苦，揪出下落不明的亞紀，硬是將她拉上汽車副駕駛座，把這次的工作內容告訴了她。我說，只要順利就能獲得一大筆錢，全家人用這筆錢重新來過吧。然而，亞紀只是冷冷地說：

那不是我想要的。我也不打算讓你和孩子見面——

我對走向樹林的亞紀背影輕聲喊，「亞紀」。

這次，她倏地停下腳步。

亞紀沒有回頭。就在我眼前，亞紀依然背對著我，任憑風吹雨淋，只是站在那裡動也不動。

我走向前，右手握緊手槍。

妻子回過頭時，眼裡會帶有什麼神色呢？是恐懼、憤怒還是失望？曾幾何時，她眼裡只有這些神色。那不是我想看見的神色。但是，她總是用這些差不多色系的神色看我——

呼——

又聽見那吐氣聲了。從站在我眼前的亞紀身上聽見了。這是苦悶的呼吸聲，我在哪裡聽過。對了，是不久前的事。

瞬間，記憶迸散，過去的事紛紛湧出。

亞紀看著我的視線。我內心爆發的黑暗怒意。勒住她脖子的我的雙手。她驚愕睜大的雙眼。嘴角的口水泡沫，和她痛苦的喘息聲。最後是那聲音。從她扭曲的嘴裡吐出最後一口氣時的聲音。

躺在藍色塑膠布上的亞紀的身體。鏟子上的泥土落下，將冰冷的身體與不自然的人造藍色一起塗黑。

沒錯。亞紀不可能出現在這。因為我親手埋葬了她。

地面突然消失。

我原本打算停住的，卻下意識往前踏出一步。懸空的右腳即將踩入的地方，是個宛如地獄的黑暗大洞。倉促之間向後仰，但已來不及。死亡的臭味和下跌的感覺一同來襲。

要掉下去了——

我朝黑暗伸手，往空中抓。手碰到了什麼，我死命抓住。胸口受到一股強烈衝擊，停止呼吸。

回過神時，我才發現自己抓住一蓬矮竹。下半身懸空，腳踩不到地。我正掛在洞口邊緣。竹葉快要承受不住我的體重，眼看就要斷裂。

把臉埋在泥地裡，勉強往上爬。我在黑暗中喘息，每次呼吸都感覺全身劇痛。埋在泥濘裡的手像上了枷鎖似的沉重不堪。寒氣逼人，牙齒格格打顫。

開著電源的手電筒掉進泥土裡。

「……可惡。」我爬過去抓住手電筒，搖晃著身體站起來。

用手電筒往前照，那裡已經不見亞紀的身影。取而代之的，是地面上的一個大洞。寬度約有十五公尺多，幾乎是垂直往下的豎穴。亞紀的背影就在這個洞穴正上方。這麼說來，豈不是漂浮在什麼都沒有的半空中。

我甩甩頭，試圖讓意識清醒一些。

剛才那一幕是妖怪讓我看見的異象？是幽靈？還是反映我罪惡感的幻覺。我有那種東西嗎？不、怎樣都無所謂了。現在最重要的是鑽石。我朝洞穴望去。

這個洞挖得深不見底。我踩在洞穴邊緣，將手電筒的光往下照。洞穴內壁到處都有狀似白骨的樹根突出，沿著洞壁下垂。我所站的位置離洞穴底端至少超過三公尺，光線只能勉強照亮底部。

「這是什麼……」看見埋在洞穴底部的東西，不由得睜大雙眼。

起初還以為是非法丟棄的大型家電之類的東西，然而並非如此。那些全部都是汽車。堆積了大量的廢棄車輛。有小型車、廂型車和轎車等各式各樣。有的車身已經完全生鏽，也有看起來像不久前才遭遺棄的車輛。

這裡不可能是廢棄車廠。這是民宅後方的空地。我想起金崎兄弟特地將我們的車拉進院子裡的事。這些車的主人一定都是遭他們毒手的犧牲者。只要被害者的車消失，罪行就不會被發現。紺野用山姥來形容倒也不算錯。不、他們的所作所為比那更惡質。

泥水從腳邊流入洞中，發出稀哩嘩啦的聲音。要是掉下去，以我現在的身體狀況能不能爬得上來都是個問題。不、這個高度，就算是平時的我掉下去也非同小可。一定會死掉吧。我向後退，離開洞口。

緋村他們似乎沒有追來。但是，如果鑽石在他們之中的誰手上，就非得找機會搶回來不可。

母親突然失蹤，女兒一定很寂寞吧。女兒需要我。只要我去接她，她就會慢慢忘記母親的事了。父女倆從頭來過。為了讓一切從頭來過，我需要鑽石，需要錢。

對了，槍呢？槍還派得上用場。

我照亮剛才自己倒地的位置，沒看到槍。

該不會掉進洞裡了吧。

手電筒的光沿著洞口繞了一圈，移動的光圈裡，瞬間有什麼反射發光。被雨水打濕的黑亮手槍勾住雜草，就掉在洞口邊。

還挺走運的嘛。

我走過去，朝掉在地上的槍伸手。

感覺到有人靠近的氣息。

正打算轉頭，一切已經來不及。

背部受到重擊，身體一邊向後仰，一邊飛了出去。腳下的地面從視野中流過，我朝漆黑如地獄的大洞掉落。

掉下去的那一剎那，我回過頭。從我手中飛出去的光，照亮黑暗中那個推我的人。看到他的瞬間，腦中只浮現一句話。

山之眼……！

我看見一對發出紅光的眼睛。三白眼裡滿佈赤紅血管，看起來就像黑暗中的彼岸花。那雙眼睛瞬間被闇夜吞沒。

混帳……竟然死在這傢伙手中。

所謂人生的走馬燈並未出現在我腦中。填滿我內側的只有單純的漆黑。那是純黑的絕望與後悔。

我就這樣掉進充滿死亡氣味的黑暗中──

紺野之章

「……白石是被人打死的，兇手就是你們之中的某人。」紫垣用槍指著我這麼說。

受傷和疲倦似乎讓他整個人變得很奇怪。大概是失血過多，他面無血色，眼神混濁黯淡。明明安分休息一下比較好，只要遇到跟錢有關的事，那傢伙比誰都拚命。笨蛋才會像他那樣動不動就生氣，打從一開始就不應該跟這種外行人一起工作。

「為什麼白石非被殺死不可？」山吹這麼問，紫垣顫抖的手握不住槍，槍口不斷晃動。

「這還用說嗎……人數愈少，分到的愈多。」

「你又在懷疑有人背叛了嗎？我們可是夥伴耶。」

「就像山之眼傳說一樣，只有人類才會為了活下去、為了多分一份而殺死夥伴。」

山之眼……山之眼啊。我忍不住噴出聲音。

空有魁梧的體格，這傢伙說到底就是個膽小鬼。承受不住壓力，這大塊頭現在已經快死了。偏偏他手上拿著自動手槍，早知道我就不該把那個傳說告訴他。

「總之，請先放下槍。」緋村說。「……這樣下去會死的。」

「少囉唆！」紫垣吶喊著，槍口和手電筒的光都對準了緋村。「鑽石在哪裡？」

說得沒錯紫垣，我也想知道這個。

紫垣呼吸紊亂，槍口不穩定地晃動。

山吹斜看了我一眼，我輕輕點頭回應。只能趁紫垣把注意力放在緋村身上時制伏他了。

我改變重心和腿的位置，以便快速移動。山吹緩緩向前。

即使想往前衝，也不容易找到好位子。我們和紫垣中間有一輛礙事的車在，要是能再靠近一點……

紫垣看似精神失常的眼神在我們三人身上游移。

突然，周圍閃過一道照亮黑暗的白光。將持槍的紫垣照得一清二楚。光線刺眼，隨後立刻響起轟隆轟隆的雷聲。

一眨眼之後，視野恢復原狀，眼前的景象使我一陣錯愕。紫垣竟毫無防備地背對我們轉身。

用手電筒的光照亮後方大喊：

「亞紀！」

亞紀？我也跟著光線的方向看過去，但那裡只有一片漆黑。沒看到半個人。那傢伙到底看到什麼了？

此時，山吹猛地朝紫垣飛撲，從背後扣住他的身體。紫垣舞動手腳倒在地面，泥水飛濺。槍從他手中飛走，劃過半空。紫垣一邊怒吼一邊試圖重新起身，山吹騎在他身上。

我對一旁的緋村大叫：

「把槍撿起來！」

緋村拿手電筒往地上照，泥地上卻到處都沒看見槍。在哪裡？飛到哪裡去了？我蹲下來，視線落在地面。

耳邊傳來轟然槍響，槍口噴出的火光瞬間照亮四周。

騎在紫垣身上的山吹向後跳，一屁股跌坐在地。紫垣用手上的槍對準山吹，自己站起來。原來槍還是落在他自己手上了啊。

紫垣將槍口轉向緋村，再轉向我。他的眼裡滿是恐懼。

愚蠢的東西。把槍交給膽小鬼就是會這樣。

四下瀰漫一股火藥燃燒的煙硝味。紫垣拿著槍，後退了幾步，忽然轉身跑掉了。

「紫垣先生！」緋村朝他的背影喊叫，但紫垣沒有停下來，踉踉蹌蹌地跑向宅邸。黑暗中，他手上的手電筒光線激烈搖晃，最後消失在建築物後方。

頹坐在地的山吹站起來。

「那傢伙完全瘋了……」他用責怪的眼神看緋村。「緋村老弟，都怪你沒把槍拿回來。」

「本來想等他冷靜點再拿回來的……」緋村咬著嘴唇。

我想起紫垣的話。山之眼……

朝一旁的車子望去，破碎的後擋風玻璃裡有黃色的果實。

我們一行人確實開著這輛現在已經撞壞的車逃到這裡，這是事實。但不知為何，我現在卻無法清楚回憶這一路上的情景。再加上紫垣說的「人數不對」的事，還有這果實。

聽聞那個傳說時，我還是個小鬼。參加原本毫無興趣的學校社團活動，將地方上流傳的民間故事及傳說抄寫整理起來，配上插圖後，在園遊會上展出。山之眼的傳說正是其中之一。展出時，社團指導老師還帶了取雪的參考資料來，所以我印象特別深刻。

看到手提箱裡出現取雪的果實時，我忽然想起這件事，未加思索就說出口了。對我而言，這只不過是個趣談，一開始根本不真的認為我們遇上了妖怪。可是現在這到底怎麼回事，跟我在資料上讀到的情節幾乎一樣不是嗎？混入人類之中的妖怪、互相懷疑的人類……山之眼難道真的存在？

儘管狀況是如此亂七八糟，我卻感覺莫名興奮。

「紺野先生。」

緋村的聲音使我赫然抬頭，才發現他們兩人都看著我。

「你在笑什麼？」

「……欸？我剛在笑嗎？」

臉頰肌肉似乎在不知不覺中放鬆了。

緋村聳聳肩。

「走吧，我們去追紫垣。」

我想起那傢伙脫離常軌的眼神。「真假？別管那傢伙了，先找鑽石吧？」

我這麼說，緋村卻搖搖頭。

「不能不管他。」

「那傢伙手上可是有槍的呢。」

「正因為這樣才要找他回來，否則不知道他什麼時候會偷襲我們。」

緋村像在說什麼麻煩事，山吹則露出苦到了極點的苦笑。「真是傷腦筋啊，玩具不但被帶走，還偏偏在那傢伙手上。」

我朝紫垣跑掉的方向看。剛才他看起來像是在追誰，可是除了我們之外，這裡又沒有別人。更何況，在那種沒有任何燈光的山裡，伸手不見五指，他是能看見什麼。

若說有其他人，只可能是金崎二郎和他母親吧。這附近沒有其他民宅，除了金崎一家，怎麼想也不可能還有其他人。

紫垣似乎朝建築後方跑去。我們剛到這裡時天色還算亮，現在周遭一片漆黑，什麼都看不見。不過，隱約辨識得出環繞宅邸後方的山腹。雖說這一帶已接近山頂，最高點大概是宅邸後方那座山頭。

我們兵分二路，朝宅邸後方包抄。只要從建築左右兩側追上去，就算紫垣迷失了方向，也總能在哪裡將他夾擊。

「我從左邊繞過去，山吹先生和紺野先生請從反方向繞過去。」說完，緋村自己先追了上去。

山吹嘆口氣嘀咕：

「……聽說他有小孩。」

「誰？紫垣嗎？」

「對啊，好像是女兒。」

「是喔。」沒想到紫垣有家庭，這倒出乎意料。

「不過，他老婆好像跑了，帶著女兒逃離他身邊。紫垣老弟似乎打算拿這筆錢挽回家人。」

「這麼說來，你剛才好像對他提過這方面的事。是那傢伙自己說的嗎？」

「嗯，就是在跟那個內應的女人對行程時，聽到他說的。」

「你說的內應，就是在珠寶行工作那個女人吧？」那女人怪怪的，但莫名風騷。

「那女人好像想勾引他，所以紫垣就透露了些自己有妻小的事。你也知道，紫垣那類型的男人很受女人歡迎。」

「所以他說那些話是為了拒絕女人嗎……還真辛苦。」

紫垣這傢伙說別人多嘴，自己也沒好到哪去嘛。他或許認為自己很愛老婆，就我看來，他老婆跑掉的原因倒是不難想像。

像紫垣這種膽小鬼，面對愈弱小的人時，愈無法克制自己的暴力。我們一夥人在珠寶行裡執行任務時，他也喜孜孜地行使了不必要的暴力，一拿到手槍又忍不住想開槍。沒有女人會想跟著那種本性兇暴的男人啦。可是，愈是這種傢伙，在女人離開自己身邊時愈會哭哭啼啼，不肯放手。他對錢這麼執著的原因，如果如山吹所說，真是想藉此挽回妻女，只能說這傢伙果然少根筋。剛才紫垣口中叫喊的或許是妻子或女兒的名字吧。他是不是出現幻覺啦？

「……你有家室嗎？」山吹望著宅邸，低聲這麼問。

是在問我嗎？我有點驚訝。沒想到山吹也會問這麼私人的事。

「幹嘛忽然問這個？我單身啊。」

山吹瞄了我一眼。

「你是個詐欺師對吧？」

「我不喜歡這個稱呼。不過，按照一般人的說法確實是這樣……等等，你不是早就知道了嗎，幹嘛現在確認我的身分？」

「沒有啦……不為什麼。」山吹背轉過身。

看著他走開的背影，我全身起了雞皮疙瘩。掠過腦海的是山之眼。

山吹轉頭看我的視線顯得有些生疏。或許他在擔心自己背對的對象可能不是人類。要不然，他問我有沒有家室做什麼。

我想起剛才緋村說的話。

——按照故事的走向，現在說這話的你不就得扮演第一個被懷疑，甚至被殺害的角色了？

「那我們從玄關口旁邊繞到後面去吧？」山吹依然背對著我。

「……我想進屋內確認一下。」我這麼回答。

山吹驚訝地轉頭：「咦？為什麼？」

因為和懷疑自己的傢伙待在一起令我不安。再說，我還有非回宅邸內不可的理由。

「紫垣也可能跑進去呀，我去檢查看看。」

山吹朝宅邸投以一瞥，視線再度回到我身上。

「你……」他看我的視線欲言又止，但立刻輕輕搖頭。「好吧，隨你高興。」

我和山吹一起走到玄關外。留下站在門前的我，山吹走向屋側。

「他手上有槍，如果在裡面發現他的話，小心不要刺激他。」

說完，山吹就消失在宅邸後方了。

正如他所說，我的本行是一般人口中的詐欺。也有人說是投資詐欺。基本上，我和誰都不合夥，總是一個人幹。這行裡大概只有我是單打獨鬥的吧。只要能力夠，這種工作一個人也能做。最重要的是，做這種昧著良心的工作時，還是單獨行動最安全。有實力的人失風的時候，往往都是被愚蠢的夥伴連累。

所以，我從來不加入犯罪集團，更別說做強盜這麼危險的事。但是，這次因為急需一筆錢，只好心不甘情不願地參加了。結果果然落得現在這下場，後悔也來不及。

打開大門，地板已經濕了，難以判斷紫垣到底有沒有跑回來。不過，紫垣怎樣都無所謂，我另有目的。

大廳微弱的燭光透了出來。我穿過大廳，快速跑上樓。就著手電筒的光沿走廊前進，進入先前找到急救箱的房間。

這應該是金崎母親的房間。床上鋪著一條髒兮兮的夏威夷拼布毯，看似女裝針織衫和內衣褲的衣物隨意丟在上面。剛才，我在床邊的櫃子上找到了急救箱。

房間一角有個衣帽間，我逕直走入其中。衣帽間的門還開著沒關。

衣帽間內的地上，放著一個銀色保險箱。以保險箱的尺寸來說，這個算滿大的，搬上來時肯定費了一番工夫。保險箱門上有一塊白色的數字面板，屬於較新型的數位式防火保險箱。既然這個保險箱被藏放在衣帽間內，裡頭肯定放了什麼值錢的東西。看到緋村他們找到的大量被害人駕照時，我更確信了這一點。

觸碰數字面板，上面的小方格亮起紅色LED燈。一橫排的小方格裡，顯示出七個「—」符號。

我輸入從一郎那裡問出的七位數密碼。

「三、三、二、四……」一邊低聲唸出來，一邊按下數字鍵，從左到右顯示出七碼數字。我繼續唸出「九、四、九……」

畫面上，排出一列紅色數字「3324949」。

按下「Enter」鍵，數字消失，取而代之的是浮現七個英文字母拼成的「UNLOCKED」。保險箱發出解鎖的聲音。看來一郎老實說出了密碼。

保險箱門打開，我照亮內部。

不由得低呼「……不會吧」。

裡面一如期待……不，有著超乎期待的東西。

保險箱裡塞滿一疊一疊的鈔票。

我拿出其中一疊，拿手電筒照。全都是一萬圓鈔，用橡皮筋隨便束起來。從厚度看來，一疊大概是一百萬。粗步估計，保險箱內至少放了二十疊這樣的鈔票。

抬頭看，衣櫃裡有個大型後背包，從顏色看來應該是女人的東西。大小正剛好，我抓下背包，開始把鈔票一一塞進去。

想起那大量的駕照、金融卡和信用卡類的東西都上哪去了呢？受金崎家迫害的犧牲者既然有這麼多，從那些人身上得到的收穫肯定不少。

我是在緋村要我上二樓找急救箱時發現這個保險箱的。

那時，我一上二樓，第一個就走進這房間。

很快找到急救箱，隨後不經意地看見敞開的衣帽間，我也察覺裡面藏著一個保險箱。

這房間應該屬於那老太婆。在這種地方擺放那麼大的保險箱，這件事本身就令人感到奇特。當時我以為，保險箱裡應該沒放什麼了不起的東西，或許只能賺點小外快。

數位電子鎖保險箱看起來還有電。我試著打開，但果然上著鎖。只能等到問出密碼之後才能來開了。

我帶著急救箱回到一樓大廳，低頭看躺在塑膠布上的一郎。我問：

——保險箱密碼是多少？

一郎緊閉著嘴什麼都不說，只默默抬頭用充滿敵意的眼光看我。這傢伙的襯衫上，染著被紫垣開槍射穿的傷口流的血，從肩膀到胸口紅成一片。可能不久就會死了。

我換個問題。

——有冰箱嗎？

一郎發出痛苦的呼吸聲，皺起眉頭。

我抬起右腳，鞋底踩進他的肩頭，直接把自己的體重壓上去。一郎發出痛苦的嚎叫。

——這個家裡有冰箱嗎？

我重複一次，一郎一邊痛苦呻吟一邊回答「有、有」。我依然踩著他問冰箱裡有沒有喝的，他回答「有水」。

——問喝的當然是指酒啊。

我再繼續用力踩，一郎才哭著說有啤酒，並求我放過他。我把腳收回。

蹲下來湊近一郎的臉，回到第一個問題：

——保險箱密碼是多少？

這次他不再反抗，回答了七位數的密碼。

「3、3、2……49……49。」

他像是一邊反芻記憶一邊說，我聽了忍不住笑出來。望向一郎的耳朵，被紫垣刺穿的右耳上開了一個大洞。

「耳朵刺痛刺痛」啊。❷

這諧音未免太巧。只要看到這傢伙的臉就不會忘記這密碼了。一郎閉上眼睛，嘴裡發出哮喘聲。事到如今，我想他應該不至於說謊。這下隨時都能去打開保險箱了。

離開大廳踏上走廊，右邊就是廚房。以母子三人同居的金崎家來說，這冰箱似乎太大了。打開一看，確實如一郎說的，裡面直接冰著半打啤酒。因為停電的關係，冰箱沒通電，不過啤酒還夠冰。

拿著啤酒回到大廳，躺在地上的一郎喉嚨發出呼嚕呼嚕的聲音，嘴角冒出血泡。喂。我叫了他一聲，一郎卻沒回應，空洞的眼神望向虛空。我走過去凝視他，很快地，他就一動也不動了。

這麼簡單就死了嗎……一郎看上去像是死了。

打量他的臉，心想萬一他給了錯誤的密碼，要打開那保險箱就不容易了。總之，得趁其他人回來前先去確認保險箱裡有什麼才行。

正當我在喝啤酒時，緋村、山吹和臉色很差的紫垣回來了。他們說，在地下室找到金崎家過去犧牲者留下的痕跡。我聽了緋村說的話，猜測或許能從那個保險箱裡獲得比想像中更多的收穫。其實一開始，我並沒打算隱瞞保險箱的事，原本想找個好時機，再把這件事當餘興節目說出來。

然而，鑽石從手提箱中消失的事，使我改變了主意。如果找不回鑽石，這次的工作可說毫無收穫。

聽到紫垣說一郎「快死了」時，我嚇了一跳，因為沒想到他還活著。不過，一郎什麼話都沒說就死了，我總算鬆一口氣。

這麼一來，知道保險箱密碼的人只有我。果然沉默是金。

現在打開保險箱一看，裡面又有超乎預料的東西，失去鑽石之後，我捨不得跟其他兩人瓜分這些，沒把保險箱的事告訴他們真是做對了。

裝在背包裡的現金，隨便數一下也有超過兩千萬。拿在手上沉甸甸的。以防萬

❷ 332494 9在日語中的發音近似耳朵刺痛刺痛。

一，我再次用手電筒照亮保險箱內，沒看到其他值錢東西。當然，也沒看到跟取雪調包的那顆鑽石。

關上保險箱，按下面板旁的上鎖按鍵，「嗶」的電子音後，面板上亮起紅燈顯示「LOCKED」字樣。

揹起後背包，走下一樓。雖然宅邸內應該沒其他人，我還是下意識放輕了腳步。即使如此，樓梯依然發出嘎吱嘎吱的聲音。屋外風雨呼嘯。

大廳裡的燭光與柴火暖爐發出的火光亮得刺眼。大大攤開的藍色塑膠布上，三具屍體依然躺在那裡。這裡沒有活人的氣息，只有我和屍體。

我低頭看屍體，白石的屍體和原本一樣蓋著毛毯。旁邊是脖子被割開的灰原仰臥的屍體，手腕和一郎的屍體銬在一起。兩人眼睛都睜開著，黯淡無光的眼珠朝向天花板。

我忍不住低喃。

「……這太瘋狂了。」

眼前的狀況，真的只能用瘋狂來形容。

遇上土石流，發生車禍進退不得時，被山姥一家抓來這裡。之後死人不斷增加，搶來的鑽石又消失了。夥伴中的一人受了重傷，在精神錯亂的狀態下持槍失蹤。這種暴風雨下哪裡也去不了，明天早上雖然可能會有人趕來，強盜總不可能求助警察。天亮之前，得想想辦法打破僵局才行。

現在我擁有的，只有無意間獲得的鈔票。但是，有這些就夠了。有了這筆錢，把欠債還清手頭都還有剩。現在狀況這樣，不能貪求更多。放棄鑽石固然可惜，要是在這裡浪費太多時間，錯失逃走的機會才是愚蠢。有沒有什麼方法，可以讓我自己一個人帶著這筆錢下山呢？

原本那顆鑽石要是能順利變現，即使五個人分，都還能分到一筆可觀的金額。與那筆錢相比，這個背包裡的錢只不過是零頭。

五個人分……？

我為自己想到的事毛骨悚然。沒錯，當初我們確實是五個人。可是現在，緋村、山吹、紫垣、灰原與白石，再加上我就是六個人。

山之眼真的存在嗎？

如果是真的，那簡直就像漫畫主角闖進現實世界，比起恐懼，我反而更感到雀躍期待。

小時候，第一次聽到山之眼的傳說時也是。我發揮想像力，幻想了各種情境。山之眼這種妖怪最吸引我的地方，在於牠的難以捉摸。

住在山裡的妖怪種類很多，但都各自有著明確的目的和行動原理。「山姥」是會虐殺人類甚至吃人的老太婆。「攫猿」是專挑女人擄掠，好色又邪惡的猿妖。「山童」這種妖怪像小孩子，只會惡作劇不會傷人，有時甚至還會幫忙人類工作。其他妖怪也差不多，都有著容易想像的輪廓。

唯獨「山之眼」，除了描寫牠以眼珠造型示人和會混入人類之中，就沒有其他更詳細的描述了。也不知道具體來說，山之眼會造成何種危害。

當時我就很好奇，對山之眼進行了一番調查。《諸國百物語》中找不到關於山之眼的記載，《今昔百鬼拾遺》也沒有。我甚至連《和漢三才圖會》都找了，還是沒找到相關記述。只有一本收錄當地民間傳說的舊書裡提到山之眼，似乎是只出現在這地區的當地妖怪。

不過，有想像餘地更讓我產生興趣。可以確定的是，牠會混進人類之中。那麼，混進來之後，山之眼會做什麼呢？

在我的想像裡，山之眼和《今昔畫圖續百鬼》中也有記載的知名妖怪「覺」，可能屬於同一種。

傳說中，「覺」這種妖怪懂讀心術，會趁對方心生恐懼時下手殺害。我猜山之眼也一樣。混進人類之中，煽動恐懼心理，令人類彼此起疑，再利用人類陷入混亂之際展開襲擊。據說「覺」是被人類生火取暖時碰巧發出的爆裂聲嚇跑的，如果無法依賴這樣的巧合，該做什麼才能擊退山之眼呢？

我望向依然放在桌上的取雪果實。

這一定就是擊退山之眼的方法了。

忽然，耳邊傳來踩踏木頭的聲音。

是紫垣嗎？倉促之際，我掀起覆蓋白石屍體的毛毯，看見底下穿著皮鞋的雙腳。把後背包放在那雙腳旁，急忙重新蓋回毛毯。

紫垣手上有槍。我慌張地東張西望，看見靠在柴火暖爐柵欄旁的火耙。躡手躡腳走近暖爐，抓起那根火耙。鋼製的火耙拿在手裡頗有重量，末端作成可以用來耙出柴薪的鉤爪狀。

雙手握著火耙，小心不發出聲音地沿著窗邊走。風吹得窗戶喀啦喀啦搖晃。

「嘰噫——」又是踩踏地板發出的聲音。

不像有人從樓上下來。通往走廊的門開著沒關，聲音聽起來像是來自門外。誰來了嗎？

我靜靜移動雙腳，躲在大廳與走廊中間那扇門的後方。

雨聲中夾雜著腳步聲。

雙手重新握直火耙，舉在胸口。腳步聲愈來愈近。

腦中浮現單手持槍，疲憊不堪，轉動一雙如貓頭鷹般眼球的紫垣。

怎能被你殺死——

我屏氣凝神，緩緩舉高火耙。

這時，門後露出一個黑影。

我立刻用力揮下火耙。鋼製的棍子劃破空氣，發出「咻」的一聲。

人影早一瞬間警覺，往後一跳躲開我的攻擊。火耙的鋼爪揮了一個落空。對方煞不住向後退的力道，整個人乒乒乓乓往後跌。

重新站穩腳步，我朝那傢伙再次高舉火耙。

「住手！」那傢伙大喊。

就在鉤爪即將敲中那人腦門時，我即時收手。跌在地上的是山吹。

「你搞什麼！」跌坐在地的山吹朝我怒吼。

「啊、是山吹啊……」

他似乎從後門進來的。

「『是山吹啊』你的頭！」山吹站起來，指著我的鼻子叫罵。「拿著那種東西亂揮亂打，是想幹嘛！」

「不是啦，抱歉，我以為是紫垣。」

「要殺人也要選好對象再殺吧！」山吹大吼大叫，口水滿天飛。

「好啦好啦，不要再噴口水了。」

「真是的。」山吹把拳頭壓在我胸口，將我一把推開。「……所以紫垣老弟在這嗎？」他走進大廳。

隔著山吹的背影，看得見白石的屍體。

——不妙。

背包從蓋住白石的毛毯底下露出來。那個裝滿現金的淺粉紅色背包，放在藍色塑膠布上特別顯眼。

我趕緊搶到山吹前面，用身體擋住他的視線。

「他不在屋裡啦。」

山吹哼了一聲說：「果然還是在外面啊。」

「那傢伙沒在屋子後面嗎？」我朝走廊投以一瞥。

「沒有，所以我才進來看看。」

「緋村呢？」

「還在外面找。我跟他在後門那裡會合，沒看見紫垣老弟。不知道躲到哪裡去了……」

這麼說著，山吹不停往前走，走到並排的屍體旁邊。要是背包被他發現就麻煩了。

我急忙對著山吹背影說：

「我們也去外面吧，我擔心緋村一個人。」

山吹沒有回答，站在塑膠布前面。蹲下來，二話不說掀開蓋住白石的毛毯，背包也跟著露出來。我心頭一驚，幸好山吹的視線對著白石的臉。

山吹伸手觸摸白石的胸部，接著扶起他的頭，仔細端詳後腦的傷口。看來，他沒有發現放在腳邊的背包。就這麼默默觸摸了白石的屍體好一會兒，最後再把毛毯蓋回原樣，山吹說：

「……紫垣老弟雖然精神不太正常了，有件事倒是沒說錯。」

「什麼意思？」

山吹慢慢站起來，朝我轉頭。

「這屍體怎麼看都不像被壓死的。」

「不是說他被壓在車底下嗎？」

「我也這麼聽說，但是他的胸骨和肋骨都沒有異常。」

「你怎麼知道？你又不是醫生。」

「胸骨有沒有被壓斷，就算不是醫生也看得出來吧。他全身上下只有後腦受傷，其他地方都很完整。」

「這樣的話，是撞到頭才死的嗎？」

「唔嗯……或許吧……」

山吹視線移向窗外，像在思考什麼似的默不吭聲。我則是坐立不安。背包還在他腳下，只要視線稍微往下，隨時可能被看見。

「總之，紫垣不在屋子裡，我們去外面吧。」

山吹仍不說話，忽然望向我。「……白石老弟的屍體，是從車子底下拖出來的吧？」

幹嘛現在提這個，毫無脈絡的疑問聽得我一頭霧水。

「我是這麼聽說——」話都還沒說完，山吹又追問：

「你親眼看到了嗎？」

「不、沒有看到。」我搖頭。「我從車子裡出來時，白石已經死了。」

「最早從車子裡出來的是緋村老弟和灰原老弟吧。他們兩人說自己把白石老弟從車底拖出來對吧？」

「咦？難道你認為他們說謊？」

「醒來時周遭的情形，你還記得多少？」山吹又打斷我的話，再次這麼問。

「就算你這麼問，我也……」這麼回應著，腦中浮現車禍發生後不久，車內的情景。

這麼說起來，那時我好像是被人搖醒的。好像快想起什麼了，我盯著地板。

「想起什麼了嗎？」山吹湊上來看著我問。

那時，意識恢復後，第一個映入眼簾的東西，是幾乎碎光的後車窗玻璃。同時，也看到窗框外的地面。這時我隱約察覺車子翻覆了。接著，眼前滿是泥濘的地面忽然左右搖晃。沒錯，搖晃的不是我的身體，而是有人從外面搖動車子。

我抬起頭，把這事告訴山吹。「……緋村他們說自己從車子底下拉出白石，應該是真的。」

「這話怎麼說？」
「當時他們兩人從外面推車子，車子被推得左右搖晃，我和紫垣才因此醒來。」
「確定？」
「確定。只是沒親眼看到他們推車就是了。」
「嗯……」
雖然不知道他在懷疑什麼，山吹看起來似乎沒有完全接受這答案。再度陷入沉思，視線往下低垂。這時，山吹的腳跟無意間碰到背包，看得我心驚膽跳。
「……對了。」他抬起頭。
「什、什麼事？」
「紺野老弟，你在屋子裡待了好久一直沒出去，到底在這裡做什麼？」山吹緩緩望向我說。
我強裝平靜回答：「我上二樓確認了。」
山吹瞄一眼天花板：「喔……二樓啊。」
這傢伙，是不是察覺了什麼。
「那又怎麼樣嗎？」
聽我這麼問，山吹嘴角上揚。

「你就老實說了吧。」

「……老實說什麼？」

「你在屋子裡做了什麼，我心裡大概有個底。」山吹笑起來。

他該不會猜到保險箱的事了吧？

山吹這男人直覺很敏銳，這也是為何緋村這麼信任他。但是，無論直覺再敏銳，總不可能猜到保險箱的事。他為什麼會知道？

現金總額大概有兩千多萬。如果要分給山吹，那就是分成兩份，一份一千多萬。這樣完全不夠。

山吹走向餐桌。「反正一定是為了這個吧？」說著，拿起一罐啤酒。「你真的很愛喝酒耶。」

「啊……沒有啦。」我有些錯愕，含混地說：「不喝熬不下去。」

「哈哈，確實如此。」他拿起一罐新的啤酒，拉開拉環，仰頭大喝一口。「畢竟放了太久，不夠冰了。」

一手拿著啤酒，山吹靠在餐桌邊，回頭望向並排的屍體。

我急忙問：

「臉會痛嗎？」

山吹朝我投以疑惑的視線。那張臉上滿是被二郎毆打的傷痕，左眼也腫起來。
山吹恨恨地回答：
「當然痛啊。那個叫二郎的傢伙，要是敢回來，我絕對不輕易饒他。」
「不會回來了吧。」
「很難說。」
「他可是差點被槍擊耶，再怎樣也嚇到了吧，應該不可能回來啦。」
「或許，可是外頭狂風暴雨的，他也逃不遠。我想應該和那老太婆還一起躲在屋子附近。」
山吹說著，仰頭再喝一口啤酒。這時，他忽然停下來，慢慢將罐子放回桌上，訝異地望著窗外。
「怎麼了？」
雨點依然猛力地打在窗玻璃上。
「沒事……」視線在半空游移了一會兒，山吹說：「剛才是不是有陣風？」
「風？」我什麼感覺都沒有。看一眼蠟燭，搖曳的燭光和剛才也沒什麼兩樣。
「我沒感覺耶……」
垂掛的窗簾沒有動搖，窗戶不像有打開的樣子。話雖如此，這是一棟老房子，風從哪個縫隙裡吹進來也不奇怪。

「總覺得剛才空氣的流動和原本不太一樣……」山吹低聲嘟噥，語帶疑惑。

「這房子這麼破爛，總不能期待它跟剛蓋好的一樣密不透風吧。」

「……嗯，也是啦。」山吹點頭表示同意。再次拿起啤酒罐，朝屍體的方向轉頭。我對著他的側臉提議：

「我說，不如放棄鑽石逃離這裡吧？要是不快點躲起來——」

「怎麼能放棄。」山吹打斷我的話頭。一手拿著啤酒罐，轉身面向屍體。「死了這麼多人還雙手空空離開，太說不過去了吧？再說，手提箱一直在我手上，最後卻落得這種下場，我無法接受，一定要拿回鑽石。」

「可是，就算拿回來了，要是被警察逮住，一切就玩完啦。」

山吹看向我：

「……你不太對勁喔。」

「怎麼？」

「居然能這麼輕易放棄那顆鑽石？我記得你不是最討厭做白工嗎？再說，你應該很需要錢吧？」

「不、我也不想這麼輕易放棄啊。」我掩飾內心的緊張這麼回答，山吹卻不知想到什麼，凝視著我說：

「……話先說在前頭，根本沒有什麼山之眼。」

他說這話的語氣也像在說服自己。我不知如何回應，一時說不出話。根本沒有那樣的妖怪，不久前的我也這麼認為。可是——

「總而言之。」山吹再喝下一口啤酒，把罐子放在桌上。「……既然紫垣老弟不在這裡，我們回去緋村那邊吧。」

我點頭贊成。

山吹快步走出大廳。我目送他的背影，匆匆將毛毯蓋在背包上。既不能帶著背包行動，又沒其他地方可藏。我跟上山吹的腳步。

穿過走廊，兩人從後門出去。

宅邸後方像一片漆黑的黑森林。手電筒的光線雖然能照進樹木之間，但也只照得出不斷落下的雨水，因為樹木縫隙之間長滿了被雨打濕的矮竹。不見人影，除了光線所及範圍，其他地方都黑得伸手不見五指。持有手槍的紫垣說不準會從哪裡衝出來。

「緋村老弟。」山吹低聲呼喊。

我用手電筒環照四方，沒看見緋村身影。

「在這裡。」聽見回應了。仔細一看，緋村拿著手電筒蹲在不遠處的竹叢下。

「找到了嗎？」山吹問，緋村輕輕搖頭。
「到處都沒看見，也沒在屋子裡嗎？」
「對啊。」我回答。
「兩位請看這個。」緋村對我們招手。
我和山吹走過去，緋村站起來，照亮腳下。
「這是……腳印？」山吹皺眉問。
手電筒照亮的土地上，有積了雨水的深深的車輪痕跡，看似一路通往森林深處。車輪經過的地方沒有矮竹生長，土地直接暴露在外，可見車輛經過的次數頻繁。以車輪的痕跡為中心，左右兩側都有錯落的腳印。跟車輪痕跡相比，腳印邊緣線條仍然明顯，應該才剛經過不久。
我們跟著腳印的方向往前打光，只能看見風雨飄搖的樹林，感覺不出那裡有人。
「似乎往那後面去了呢。」緋村說。
宅邸後方被山腹環繞，就算繼續往前走，很快就會遇到往上的陡坡，紫垣走進林子深處，為的到底是什麼？
「要追上去嗎？」我問。緋村點頭。
要走進這片泥濘喔？我內心暗自嘆氣。

緋村領頭，我們三人沿著腳印走進森林。鞋子埋進泥土裡，雨水灌入鞋內。泥濘道路的兩側長滿茂密的矮竹，其中散落不少破銅爛鐵和垃圾，有被雨打濕的紙箱、寶特瓶、看似陶器的碎片，還有不明用途的金屬片等。

走了一會兒，腳下的地面忽然消失，阻斷去路的，是一個向左右兩側延伸的大洞。洞前方的地面也是一片爛泥，散佈了許多腳印。

我們站在洞穴邊緣。這是個幾乎以垂直角度往下挖的豎穴，顯然不是自然地形，而是人為造成。

用手電筒往洞底照，豎穴底下的東西浮現光線中。那是數不清的廢鐵……不、這些全都是被遺棄的車輛。眼前的洞穴裡，堆積著幾十輛車。

「那些駕照就是這麼來的啊。」山吹低聲說。

金崎一家襲擊路過的車輛，如果這些車全都屬於犧牲者，他們究竟襲擊過多少人啊？這麼說來，這家人還真是山姥一族無誤。

「王八蛋……這下真成了魔之山巔了。」我狠啐一句。「早知道不該翻這座山。」

「是你自己說這條路很好的吧？」山吹對我報以責怪的目光。

「少來，我只有說這條路人煙稀少，確實不容易被注意到而已。一開始建議我們翻這座山的是白石啦。說什麼從內應的女人那邊聽來的……把那種莫名其妙女人說的話當真就是一個錯誤。」

「看那個！」緋村緊張地大喊。

看見洞穴底部，緋村拿手電筒照亮的光圈中浮現的東西，我不禁倒抽了一口氣。脖子扭成奇怪角度的人類身體。是紫垣。

紫垣雙眼睜開，從洞底仰望我們。似乎曾經吐血，嘴角染成紅色。不斷降落的雨水打濕了他的臉，也漸漸洗去血液。

很明顯的，紫垣已經死了。

「原來他從這裡摔下去了。」緋村發出呻吟般的聲音。

山吹雙手抓亂頭髮，口中喃喃低語：「怎麼會這樣……」

又死了一個人。

我差點嘔吐。可沒聽說這次的工作會落得如此悲慘下場啊。

下方是廢鐵堆成的小山，從這麼高的地方摔下去必死無疑。他大概是在黑暗的森林裡徘徊時，掉進洞裡死掉的吧。毫無價值的死法。那時紫垣精神相當混亂，就算沒注意到大洞而踩空也不奇怪。

然而，山吹突然說：

「他或許是被推下去的。」這麼說著，山吹視線落在腳邊。

「咦？」我也跟著望向腳下的泥地。

「腳印嗎……」緋村低聲說。

跟著腳印走過來時，途中只有一個人的腳印，這洞穴旁邊看起來卻像不止一人。泥土柔軟，又已經開始積水，鞋印圖案無法分辨了。只是，這裡除了腳步踉蹌的紫垣留下的錯落腳印外，至少還有一到兩個腳印屬於另外一人。

只要這個人一直走在旁邊的矮竹叢裡，途中就不會留下任何腳印。假設這裡除了紫垣之外還有別人，那個人也可能把紫垣推下去。

緋村盯著散亂的足跡，猛地彈跳起來回頭看。「難道是那對母子！」

我和山吹用手電筒照亮四周，沒看到半個人，只有呼嘯而過的風聲、斜打下來的雨和搖晃的樹木。

我不認為有誰能躲在這種大雨中。但是，那家人不是正常人。說不定他們即使淋得全身濕透，也正從哪裡窺看著我們。那老太婆逃過紫垣槍擊時，身手矯健得像隻猴子。

紫垣是被金崎母子殺死的嗎？

我們三人站在洞穴旁，任憑雨打在身上。不久，山吹拿手電筒照亮洞底問：「他的屍體怎麼辦？」

緋村搖搖頭。「不可能拉上來，只能放著了……我們回屋內吧。」

紫垣的屍體用看似怨恨的眼神仰望我們，可是，我們又能怎麼辦。

將紫垣的屍體留在洞裡，回到宅邸內。

從後門進去，拖著沉重的身體回到躺了三具屍體的大廳。脫下濕淋淋的雨衣，我們圍著餐桌坐下。緋村和山吹的表情都累成了一灘爛泥，我的表情一定也很難看。

好一會兒，我們誰也沒開口，就這麼坐在那。

為什麼事情會變成這樣呢？

後悔已經太遲，當初參與這件事就是個錯誤。不、追根究底，搞砸了本行的工作才是一切的開端。我頂著疲倦的腦袋，恍惚回想當初。

最後一次投資詐騙的那個老人，在我勸說下一次又一次拿錢出來。原本收割完那些錢就該撤退，我卻起了貪念，想多撈一點。裝作要幫對方扳回投資失利的損失，打算再敲最後一筆。平常做這種事時，我都會多花點時間，這次因為太過順利，不知不覺偷懶了。在沒有好好調查對方身家背景的情況下繼續詐欺行為，是我犯下最大的錯誤。原來那個老人也不是什麼好東西。

那傢伙是已經退隱江湖的暴力組織幹部。察覺我的詐欺手法，要手下把我抓回去痛毆了一頓，包括返還詐欺金額與賠償金，總共要我吐出兩千多萬。我哪有這麼多錢，但底細已經被對方摸透了，也無法逃之夭夭。

透過認識的人介紹這次的工作，也是為了快點賺到錢。要不然，強盜這種愚蠢的工作誰想做。雖然已做好承受風險的心理準備，沒想到實際上的風險比我想的還要大。到手的鑽石不知何時消失，還多了一堆屍體。

不只如此，紫垣或許不是失足摔落，而是被什麼人推下去殺死的。這樣的紫垣自己又說過，白石不是死於車禍，而是被誰殺死的。如果這些都是真的，殺了他們兩人的是誰？

最奇怪的，還是我們人數兜不攏的事。另外，莫名出現的果實，剛好是與山之眼傳說相關的取雪。到底發生了什麼事？

或許因為風大，整棟建築不知從哪裡發出嘰噫嘰噫的聲音。嘈雜雨聲中夾雜的風聲，聽起來彷彿不知名的野獸咆哮，又像女人的哭聲。

我凝視桌面上的取雪。一部分果皮被血染成黑色，在搖曳的燭光下反射光芒。

「會是山之眼幹的好事嗎……？」我忍不住把腦中想的事說出口。

緋村和山吹露出驚訝的反應。

原本看著窗外的緋村緩緩轉向我：

「你剛說什麼？」

「……一定是山之眼。」我再次開口，像要證實自己的論點。「這一定是山之眼幹的好事。」

山吹不耐煩地皺起眉頭。「你是不是喝醉了，這種時候別講什麼怪談了。」

我看看他們兩人，為了讓自己的話聽起來不像醉話，先做一次深呼吸，再繼續往下說：

「殺死紫垣的是山之眼。說不定白石也是……一定是山之眼殺的。」

「連你都不正常了啊。」山吹的態度已經超越不耐，演變為憤怒。

「我很正常，也沒有喝醉。」

「不，你完全失常了。同夥死了耶，你還在那鬼扯。」

「山吹先生也請冷靜點。」緋村說著，安撫幾乎要把桌子掀翻的山吹，又望向我問：「……你為什麼這麼說？」

我對緋村說：

「你不也承認我們的人數在不知不覺中增加了嗎？」

「我說的是，有什麼使我們產生了這樣的錯覺。」

「錯覺？不管怎麼想，我們的人數都說不通啊。這不是錯覺吧？」

「……………」

「你回想一下。」我一臉苦澀望向山吹。「金崎一郎不是說過嗎，那顆道祖神岩石原本豎立在樹下。從狀況看來，那棵樹肯定就是插進我們車裡的取雪樹。」

「那又怎樣？」山吹依然板著一張臉。

「取雪可以對付山之眼啊。還有，立在取雪樹前的道祖神叫『御眼大人』，這絕對不是巧合。一郎以為自己膜拜的是道祖神，其實不對。我在猜，那個道祖神是御眼大……不、是山之眼的封印。」

「這只是你自己的想像吧。」

「可是，眼前發生的事是事實。這場暴風雨讓道祖神塌了，取雪樹倒了。山之眼的封印就此解除，我們已經被山之眼附身了。」

「你看太多無聊漫畫了吧。」

「我從來不看漫畫。」

「那就是看太多無聊電影。」

「總之，按照我的解釋，山之眼是會混入人類之中造成恐懼，趁機襲擊的妖怪。現在發生在我們身上的事，不正完全符合這個解釋嗎？紫垣他是被山之眼殺死的。」

兩人帶著複雜的表情，沒做出任何反應。

我注視他們的臉，斬釘截鐵地說：

「聽好，現實就是，現在、這裡，有山之眼。」

山吹不悅地轉頭望向黑暗窗外。

緋村始終用冷靜的態度靜靜看著我。

風雨舔舐宅邸，發出刺耳的呼嘯聲。

我們誰也不說話，保持了半晌的沉默。最後，緋村說：

「……你的意思是，我和山吹先生之中，有一個不是人嗎？」

「欸？」

我一時為之語塞。是這樣的嗎？如果殺死紫垣和白石的山吹混入人類之中，而那又不是我的話，就是他們兩人其中的一個了。可是，我根本沒想那麼多。在我回答之前，緋村再度開口：

「我在意的是……」他面無表情地對我說：「為什麼你看起來一副很享受的樣子？」

我急忙做出回答。「我不是享受啦。只是，山之眼是我很喜歡的傳說故事……」

「山之眼會造成人類恐懼，趁隙偷襲不是嗎？現在造成恐懼的人，反而是你吧？」

我搖搖頭。「我沒那個意思……我只是想盡早逃出這個地方。」

「逃？」山吹視線從窗外移回我身上。「你剛才也說了一樣的話呢。為什麼這麼輕易就能放棄那顆鑽石？」

「這個嘛……」我窮於應答，嘴上囁囁嚅嚅。拚命忍住朝毛毯底下背包望去的衝動。

「對了，紫垣先生說過。」緋村依然面無表情。「……妖怪不會偷東西。」

山吹嘆口氣，低聲說：「妖怪也不會想要錢，是嗎？」

怎麼會這樣，事情變得不太對勁了。

他們兩人看我的視線，簡直就像在看深海魚。

「等、等一下啊。」我勉強擠出聲音，語尾不自禁地嘶啞。「難道你想說我才是山之眼嗎？先提出這故事的人是我耶！」

他們不改警戒的表情，那態度甚至像在逼問叛徒。

我想吐口水。

說太多話的傢伙會第一個被懷疑，被殺死。

他們一定是想殺了我。

小時候，我總是在想，要是遇上山之眼怎麼辦？

一定得避免在互相懷疑之中被夥伴殺死。最蠢的就是自以為是地說明妖怪的企圖，那樣只會格外引人起疑罷了。懷疑哪個人不是人類時，人們就會先對這個人下手。人類就是這種生物，為了換來自己的安心，永遠在找別人當替死鬼。我明知這一點，居然還說個不停，名符其實的禍從口出。

可是，我也想過，萬一真的遇到最糟糕的狀況，要怎麼避免自己被殺。而且，在我還是個小鬼時，就已經得出答案。

不想被殺的話，只要成為殺人的一方就行了——

這裡已經有一堆屍體。要是警察趕來，一定會大肆偵辦案件，立刻展開大規模的搜查。然而，要釐清到底是誰殺了誰，又有幾個人逃走，肯定得花上很長一段時間。金崎一家犯的罪和我們犯的罪混在一起，使事件混亂到了極點。若是此時再增加幾具屍體，就能爭取到充分的逃亡時間。不、真要說的話，根本就不可能會被逮到。發生在這棟宅邸裡的事，或許將會不了了之。

我朝覆蓋白石屍體的毛毯瞥一眼。背包就藏在那下面。拿不到鑽石雖然可惜，有了那麼多錢，就沒必要執著鑽石了。只要解決這兩個人，誰都不會知道真相是什麼。

「你在想什麼？」緋村問。

這傢伙說得沒錯。既然我確定自己是人，山之眼肯定就在緋村和山吹之中。

「我在想……你們誰是山之眼？」我這麼回答。

緋村和山吹望向彼此，表情緊張。

我朝腳下掃一眼。不遠處，那把刺穿一郎耳朵的柳刃菜刀掉在地上。我用力踢翻椅子站起來，快速撿起那把刀。

兩人驚訝起身。

「請等一下。」緋村高舉雙手制止我。「沒有人說你是妖怪啊。」

「少囉唆，不要過來！」

我抓著刀，和餐桌拉開距離。才不可能乖乖讓你們殺了我。

「紺野老弟。」山吹踏出一步。

「別過來！」我大叫，山吹停下來。

混蛋，這麼一來，我不是跟不久前的紫垣一樣了嗎？不過，和紫垣最大的不同是，我精神正常，而且沒有受傷。不只如此，手頭已有確實的收穫。只要帶著那個背包逃走就好。

「冷靜下來。」山吹用鎮定的語氣說。「菜刀你就抓在手上沒關係，不安的話，也可以拿刀當成護身符。」

一旁的緋村露出疑惑的表情。

和紫垣那時不同，山吹沒有要撲上來的意思。

露出這個場合不該有的笑容，山吹繼續說：

「你的態度讓我有點好奇，或許一起擊退妖怪也不錯。不過，在那之前，我們先聊點現實的事吧。我想整理一下事實。」

「整理？」我這麼反問。山吹沒有回答，反而轉向緋村。

「你在外面的時候，有聽見什麼聲響嗎？」

「聲響……？」面對突然拋向自己的問題，緋村難掩困惑。

「打鬥的聲響啊。你一直在外面找紫垣老弟吧？如果那個叫二郎的襲擊了他……或者……山之眼襲擊了他，無論如何，他應該會發出哀號吧。」

緋村搖頭。「不、我什麼都沒聽見。就算發生打鬥，天氣這麼惡劣，能不能聽見都是個問題……」

的確，哀號聲可能被雨聲蓋過。雨打在矮竹上的聲音很吵，即使大聲喊叫，宅邸這邊也未必聽得見。

山吹認為襲擊紫垣的是金崎二郎嗎？那白石呢？如果不是山之眼，是人類做的事，那就不一定是金崎，也有其他人犯案的可能。可是——

山吹仍用鎮定的口吻問緋村：

「剛才我和紺野老弟一起在屋裡的時候，檢查了白石老弟的身體。」

「是。」緋村眨著眼睛，似乎感到不明就裡。

「你說過，他被壓在汽車底下。」

「是啊。」

「白石老弟頭上有個很大的傷口，身體卻完好無傷。」

「可能是飛出車子時撞到頭了吧？身體完好無傷只是碰巧。」

「紫垣老弟說，白石老弟是被人殺死的。」

「他是這麼說了，但那時他精神相當混亂。」

「第一個脫離車內的人是你嗎？」

「……你想說什麼？」緋村也用鎮定的語氣反問，但是眼中閃過憤怒的神色。

無懼緋村指責的視線，山吹回答：

「我只是想整理一下發生的事而已。」

「難道你想說，殺了白石的人是我嗎？」

「不是懷疑你，我也說了很多次，只是在整理狀況。」

緋村朝白石屍體投以一瞥，嘆口氣。

「……車禍之後，第一個離開車內的是我。那時，我發現白石先生被壓在車子底下。接著出來的是灰原先生，我就和他一起拉出車子底下的白石先生。白石先生那時已經死了。隨後，紫垣先生出來了，接著紺野先生也離開了車內。」

從搖晃的後座中醒來時，紫垣幾乎與我同時清醒。紫垣比我先離開車子，之後我也在灰原的幫忙下脫身。我下車時，緋村正蹲在死去的白石面前。

「然後，最後一個下車的人是我。」山吹說。

和手提箱一起，在車內留到最後的是山吹。將救他出來的任務交給紫垣和灰原，我和緋村一起沿路往下察看狀況。這棟宅邸就是那時發現的。

緋村一副難掩憤怒的模樣。

「灰原先生已經死了。我無法證明你們仍昏迷時發生了什麼事，可是，我有什麼理由殺白石先生？」

我用力握緊菜刀，朝桌上的手提箱望去。「……理由的話，倒也不是沒有。」

一定也有跟紫垣一樣在意分贓人數的人。這樣的人或許會在貪念驅使下背叛夥伴。更何況，這次的收穫可不是小東西。那起車禍很有可能使人走火入魔。

緋村冷冷地看著我。

「……你是說，我為了獨佔鑽石，殺死白石先生？」

「我是說，這也可以是一個理由。」

緋村露出焦躁的笑容，甩了甩頭。

「如果想獨佔鑽石的話，我應該先殺死山吹先生，搶走手提箱才對吧？殺白石先生做什麼？再說——」緋村朝窗外快速一瞥。「我不惜殺死夥伴也要搶走的那顆鑽石在哪呢？難道你要說我把它藏在車禍現場了嗎？鑽石不見了，我也一樣走投無路。」

沒錯。正如他所說。我醒來之後一直和緋村共同行動。那段期間緋村沒有任何不自然的舉止，也不像偷偷藏起或移動了鑽石。

鑽石不在這裡是千真萬確的事。除了手提箱，我們所有人身上的東西都和車禍時一樣，剛才每個人也都接受搜身了。車上也找過了。如果有人暗中奪走鑽石，不可能把鑽石留在隨時可能崩坍的車禍現場。

按照山吹的說法，企圖獨佔鑽石的叛徒不但殺了白石，很可能還對紫垣下了手。我和山吹在大廳時，緋村一個人在外面找紫垣。可是，現在鑽石已經不見了，殺死紫垣沒有任何好處。

到底發生了什麼事，我是一點也想不通。

唯一能確定的，只有愈快逃離這地方愈好。這是毋庸置疑的事實。現在可不是高興遇上山之眼的時候。

「已經夠了。」我高舉菜刀，慢慢後退。

「……紺野先生。」緋村朝我露出擔心的表情。

我一邊後退，一邊看向隆起的毛毯。底下有屍體和裝滿鈔票的背包。我要帶著背包逃走，動作夠快的話，天亮前或許能下山。一個人行動也不容易引人注意。

我對他們兩人說：

「我不曉得你們是人還是山之眼，不過鑽石我不要了，給你們……我要退出。」

緋村和山吹緊張地站在原地不動。我用鞋尖掀開蓋住白石屍體的毛毯。

眼前的情景使我愕然。

沒有。原本該在那裡的裝滿現金的背包，消失了！

怎麼會有這種事！

我踢開毛毯，露出骯髒毛毯下的屍體下肢。黑色長褲與濡濕的雨鞋映入眼簾。藏在屍體腳邊的背包無影無蹤。

被偷走了嗎？我的視線回到緋村和山吹身上。

「去哪裡了？」

「……什麼？」山吹訝異反問。

「我的背包。」

「背包？」緋村皺起眉頭。

他們真的不知情嗎？

兩人困惑的表情不像演技。再說，放下背包後，我一直跟他們在一起。但是，背包總不可能自己長腳跑了吧。

「別騙我了！」我在憤怒之下大吼。「除了你們，這裡還有誰！」

背對屍體，我舉起刀子。看了看緋村，又看了看山吹。誰才是叛徒？或者兩人都是？我的錢去哪了？

緋村冷冷地凝視我，喃喃說道：

「說山之眼在這裡的人是你。」

山之眼。

我一陣茫然。山之眼。山之眼真的存在，我如此確信。沒錯，山之眼就在這裡。混進我們三人之中了嗎？還是——

突然，他們兩人全身僵硬，看我的視線流露驚愕。

怎麼了？

視線不是看我，是我背後。

我轉過頭，倒抽一口氣。

白石站起來了。上半身還蓋著毛毯，看不到他的臉。但是，毛毯下的兩條腿站立著。

從毛毯的裂縫中，露出一隻眼睛。眼珠一轉，緊盯著我。

我想說什麼，又說不出任何話。

耳邊傳來打雷般的轟隆巨響。

破破爛爛的毛毯上多了一個新的洞，洞裡冒出一絲白煙。

胸口感到劇烈疼痛。全身失去力氣，握在右手的菜刀滑落，發出哐啷聲掉在地板上。

我向前傾倒，眼角餘光瞥見槍擊了我的白石雙腳在移動。黑色的雨鞋，踩在濡濕的藍色塑膠布上。

逐漸模糊的意識中，我想的是——

雨鞋？

白石之章

——八小時前——

「喂、白石。」

身邊的青蛙叫了我的名字。「時間差不多了吧？」

「……還沒。時間到了手錶會發出提示音。」我橫一眼青蛙，這麼回答。「還有，不要叫名字。」

穿黑西裝的青蛙一臉疑惑：

「為何？」

「規定就是這樣。」

「喔，因為戴這個面具的關係嗎？」青蛙撫摸蒙住自己臉的乳膠面具。這青蛙面具有著莫名寫實的綠色，表面特別加工過，呈現兩棲類獨特的黏滑質感。

「規定就是這樣。」我再說一次。「戴上面具之後，彼此就按照面具造型稱呼對方，以防萬一。」

「你也太認真了吧。」

「畢竟任何時候都有可能洩漏本名。」

「太認真了。」

「……你現在是在批判我嗎？」
「我是佩服你啦、白石……不對，是川普總統。我佩服你，也佩服那傢伙……
呃、他戴的面具是什麼來著？」
「小丑。」
「對對！我們的小丑大人啦，你們做得可真徹底喔。」
我戴的是作成美國前總統川普造型的面具。我們這次工作中所有的規定，都是「小丑」制定的。
「這些規定你不也都同意嗎？」我這麼一說，青蛙就發出傻眼的聲音。
「你在跟我搞笑嗎？這裡只有我們兩個耶。」
「就算這樣，規定還是規定。」
「沒救了。」青蛙雙手一攤。「……或許這才是專業人士的正確態度，可是，會不會太一板一眼啦？你有受規矩束縛的傾向喔，果然是當過老師的人。」
「不是老師。」
「喔喔，是牧師嗎？都差不多啦。」
「完全不同，而且那已經是過去的事了……不、真要說的話，牧師指的是基督教新教派的神職者。我以前信仰的宗教沒有這種稱謂。」

「啊、是喔。」

「還有，規定是不談私事。」

我露出嚴格的表情，但臉上罩著面具，對方也看不到。青蛙無視我的反應，繼續說：

「遵守那些規定，人生有什麼樂趣？規定這種東西，就是要稍微扭曲一下才剛好。世上所有的規定啊，制定的時候早就預設會有一部分人不遵守了。法律也是如此啊，都有一個緩衝的範圍啦。所以，一板一眼遵守的人只會吃虧一輩子。」

我在美國總統面具底下嘆氣。

青蛙說的話，我大致上同意。我自己過去一直遵從自己相信的規定和信條而活。不過，我的想法是，必須扭曲的規定本來就是錯誤也不完整的東西。如果不滿意，該做的不是去扭曲規定，只要把遵從的規定換掉就好。在察覺這個事實之前，我著實浪費了太多時間。正因如此，才會改變生存方式，換掉遵從的信念。

「話說回來，這面具還真臭。有股橡膠味。」青蛙不滿地說。

我錯愕地回答：

「準備這些面具的人是你自己吧。為什麼要選這麼搞笑的面具？不能就用露眼毛帽之類的嗎？」

「牧師先生就是這麼正經，你們的教義沒教人要保持童心嗎？」

「我又不是牧師。」

手錶發出「嗶」的聲音。我看一眼左手上的數位面板。

「十五點了。」

青蛙點頭，按下操控盤上的「關」。

從兩側無聲滑向中央關上的門，將地下停車場的黑暗阻絕在外。關上門後，我們搭乘的這座業務用大型電梯發出低沉的驅動聲，開始向上攀升。原本顯示「B2」的燈號轉為「B1」時，電梯又隨即停下。

門打開後，外面站著三個和我們一樣身穿黑西裝的男人。脖子以下的打扮一模一樣，臉上則各自戴著不同的乳膠面具。分別是「老虎」、「骷髏」和「小丑」。

「攝影機呢？」我問，小丑搖著紅鼻子說：

「關閉了。」

小丑率先進電梯，骷髏和老虎也跟上。三人進來後，電梯門關閉，再次往上攀升。我們五人站在這個大籠子裡，默默抬頭看數字燈號轉變。

「……這打扮真蠢。」老虎半帶苦笑地說。

「你也是個缺乏童心的傢伙呢，虎面。」青蛙凝視燈號回答。

「工作時不需要童心。」

「這種觀念本身就不對了啦。從古至今成功的人，內心都能保持適度的放鬆狀態。」

「胡說八道，什麼適度放鬆啊。」這次輪到和我站在相反邊，身材高大的骷髏發出不悅的聲音。

青蛙拔高了聲音回應：

「要是內心不夠從容，工作也是無法圓滑進行的啦。幽默感是專業人士不可或缺的特質。你這混帳骷髏就是不夠放鬆，跟你的面具一樣死氣沉沉。」

「閉嘴。」

「夠了。」小丑說。「電梯要停了。」

電梯減緩速度，慢慢停下來。樓層燈號顯示為「７Ｆ」。

門打開來，梯廳充滿白色明亮的燈光。和室外惡劣的天氣不同，這裡的觀葉植物在燈光下看起來綠意盎然。

我們走出電梯，我帶頭踏上走廊。樓層格局圖事先已經記在腦中了。轉了幾個彎，盡頭處有扇門。一看就知道相當厚重的門上配著電子門鎖，旁邊有個觸碰式的讀卡機。

小丑確認手錶後說：「……稍微早了點。」

我們默默站在門前。天花板上設置了半圓球體的監視攝影機，即使知道錄影功能已被關閉，感覺還是很不舒服。

我們焦躁地等待門打開。

不知是空調的聲音，還是大樓外的風聲，走廊上持續有低沉的噪音隆隆迴響。

難耐沉默的青蛙說起話來。

「對了，說到保持內心的從容，我小時候啊——」

「你先閉嘴。」骷髏打斷他。

這時，眼前的門發出笨重的聲音滑開。

打開的門內，站著一個身穿白色上衣和緊身裙的女人。是翠翠花。洋娃娃般的白色肌膚，襯托得紅色唇膏更加顯眼。翠翠花一副想睡覺的樣子，瞇起黑框眼鏡底下的眼睛，打量戴面具的我們，姿態慵懶地撩起長髮。

「好蠢喔。」

關於這點，我同意她說的話。

「警報呢？」我問。

翠翠花噗哧一笑。「你是美國總統喔？一點也不搭。」

露出整齊牙齒的笑容，瞬間吸引了我的目光。她真美。
我再次詢問同一件事：「警報器關了嗎？」
「嗯，關了喔。」
「裡面有幾個人？」
「四個。」
「幾男幾女？」
「兩個男人，一個女人。」
「……還有一個呢？」
翠翠花微笑舔唇。「可愛的老爺爺。」
「三男一女，都在同一個地方嗎？」
「對。」翠翠花點頭。
「有看起來會抵抗的人嗎？」
「沒有類似保全或警衛的人喔。」
「鑽石呢？」
「目前是在保險箱裡。」
「打得開嗎？」

「拜託那個老爺爺，他就會打開嘍。」

「他就是珠寶商了吧，叫什麼名字？」

「青木。」

我望向身旁的小丑，他點點頭。

我從外套內袋取出一個厚厚的褐色信封，默默往翠翠花胸口一放。

翠翠花收下信封，白皙指尖點數內容物，眼神陶醉地看著信封裡的東西。我告訴她：

「請現在馬上帶著這個消失，也不要聯絡任何認識的人。」

翠翠花抬頭看我，紅唇一撇，露出狐媚的笑容。

「……噯。」

「什麼事？」

「你們等一下會殺人嗎？」

「…………」

「要殺的話，我也想看。」

翠翠花神情恍惚，眼波流轉。

她的情感和一般人不太一樣，能從我這種凡人看不到的地方看見美麗的事物。這或許也是她的優點之一。

站在我身邊的小丑冷冷地說：「快滾。」

她收斂表情，不滿地歪了歪頭。「……真無聊，虧你還是小丑。」

把褐色信封塞進手提包，翠翠花鑽過我們之間，快步離去。臨走時，又回頭看我一眼：

「再見嘍美國總統……路上小心。」

留下這句話，她踩著高跟鞋消失在走廊另一端。我望著她飄逸的黑髮，沉浸在餘韻中。像她那樣的女人很罕見，或許我該感謝自己夠幸運，才能遇見她。小丑從背後戳了戳目送她離去的我。

我們進入室內，前方還有另外一道附有小玻璃窗的門。不過，在翠翠花的安排下，這扇門鎖已經打開。我們通過這道門，闖進去。

看見我們，一個微胖的中年女人發出尖叫。分別坐在不同小桌前的兩個年輕男人露出驚訝的表情。他們面前的桌上，都擺著小顆的鑽石。

「所有人站到角落去，排成一排！」老虎大喊，手上握著槍。

微胖女人再度發出尖銳刺耳的叫聲。

骷髏揪起女人衣領，低聲威脅：

「閉嘴！要是敢找麻煩，我會讓妳發不出聲音。」

女人吞下尖叫，抿緊顫抖的嘴唇。

牆邊放著大型防火保險箱。照剛才翠翠花所說，鑽石就在裡面。但，能打開這保險箱的老人呢？這裡沒看到老人。

「少一個人。」我這麼說，小丑立刻點頭做出指示。

「青蛙確認保全系統，老虎和骷髏看住這三個人，川普和我來找剩下那個男的。」

我和小丑一起走向房間後方，那裡用毛玻璃隔出另一個空間，放有一套沙發。沙發對面是張木製的大型辦公桌，黑色皮革辦公椅上沒有人。

我蹲下來，往桌子下面看。一個禿頭的矮小男人趴在那裡，臉上流露畏懼的神情。

「找到了。」我舉起一隻手通知小丑。矮小男人正單手拿著智慧型手機壓在耳邊。我從他手中搶走手機，丟在桌上。

「你就是青木？」我這麼問，男人趴在桌子下點頭。

這傢伙應該就是珠寶商了。我命令他出來，青木抖著雙腿爬出桌下。我拉著他站在房間中央。

其他三人靠牆排排站，老虎站在旁邊，手上的槍口對著其中一人。

桌上有個約莫小孩拳頭大的玻璃紙鎮。骷髏抓起那個，用力敲打四人的手機。液晶畫面紛紛碎裂，露出裡面的電路板。青木用怯懦的眼神注視這一切。

我站在青木面前，直視他的眼睛，一個字一個字慢慢說：

「我們想要的不是小顆鑽石，是那個保險箱裡的上等貨。我們知道東西就在那裡面，你現在馬上把保險箱打開，東西交給我們。」

青木背後，聳立著跟我身高差不多高的巨大保險箱。

「最好聽他的喔，這可是美國總統的命令。」青蛙笑得愉悅。

青木默不吭聲，嘴唇顫抖。

骷髏揪起站在牆邊其中一個年輕男人的衣領，一邊低聲說「交出鑽石」，一邊高舉手上的玻璃紙鎮。只見他毫不猶豫地用紙鎮毆打男人的臉，一陣碎裂悶響中，男人向後跌出去，呻吟著倒在地上。嘴角滴血，被打落的一顆牙齒在地上彈了幾下。

中年女人忍不住哭起來。

青蛙傻眼地說：「喂喂……」

突如其來的暴力行為，令青木臉色蒼白，不敢動彈。

骷髏強行拉起倒在地上的男人，再次靠近他耳邊低聲說「交出鑽石」。

玻璃紙鎮又一次發出悶響，將年輕男人擊倒在地。青木肩膀一抖，雙眼緊閉。被毆打的男人似乎昏厥了，躺在地上一動也不動。

「打開這個保險箱吧。」我平靜地對青木說，他流著眼淚猛點頭。

「很好。」青蛙做出滿意的評論。

六分鐘後。

我們搭上停在地下停車場的黑色逃脫用車輛。

「這輛車，後座好擠。」

把身體塞進車內，青蛙不滿地說。

我正想拉掉面具，小丑的紅鼻子轉向我。「等等。」

「保險起見，出地下停車場前都不要脫掉面具。」

我點頭答應。

「這面具橡膠味好臭。」身邊的青蛙埋怨。

「還不是你拿來的。」骷髏指責他。

「你們看，這次的工作成果。」

老虎高舉手中的鑽石。和剛才那個玻璃紙鎮差不多，足足有一個小孩子的拳頭大。

「好大啊。」青蛙發出讚嘆。

老虎用手指捻起鑽石搖了搖，滿足地說：

「這應該有七十五……不、八十克拉。」

駕駛座上的小丑佩服地問：

「光拿在手裡就知道重量啦？」

「是啊，當然知道，這是職業病。」老虎回答。

八十克拉。鑽石複雜的切面像狂亂的萬花筒，團團映出老虎、小丑和骷髏的頭。

青蛙發出愉悅的笑聲。「嘿嘿，一切都很順利呢。」

老虎將鑽石放入黑色袋中，再收進銀色手提箱，蓋上蓋子，上鎖。

高速行駛的車胎發出刺耳的摩擦噪音，從地下停車場衝進下著大雨的馬路。雨刷用力擺動，同時，我們所有人揭開了面具。

車子不斷行駛，中途沒有停下來過。強風暴雨在擋風玻璃上製造了瀑布般的水流，車內收音機廣播不間斷地播報颱風的消息。

即將開上山頂。翻過這座山頭，穿越兩縣邊界後，我們就會拋棄這輛車，改搭事先準備好的另外一輛車。如此一來，即使珠寶行的人報警，警察也來不及追查。更別說那個寶石商自己也做了虧心事，或許根本還沒報警。

走這條山路是我的提議，只是沒想到下過雨的路況會這麼糟。不過，還不到影響行駛的程度，一切依然按照計畫進行中。或許因為這樣，車內瀰漫一股放鬆的氛圍。

像是要跟沒有片刻安靜的雨聲對抗，紺野一直在說話。到後來，誰也沒有答理他，把他說的話當成廣播內容，左耳聽右耳出。

「——以前這一帶氣候寒冷，嚴寒的程度是現在的氣候完全比不上的唷。十月一過就下起冰冷的雨，秋雨比冬天的雪還要冰冷。這是真的，我小時候有一次漫無目的騎腳踏車出門，回家路上也遇見跟今天差不多的豪雨。到現在還記得，握著車把的手幾乎失去感覺，甚至以為自己要冷死了呢。那才只是十月的事情喔。到了現在，連這一帶的氣候都溫暖起來，要我說的話，跟市區內也沒太大差別了。地球溫室效應要是繼續這樣進展下去，搞不好四季這個名詞會在我們這代人還活著的時候消失。」

「……溫室效應什麼的，都是騙人的吧。」不知誰這麼說。

紺野拔高了聲音回應：

「不會吧，真該讓你戴川普面具才對……聽好了，我說的可不只是自己的感受或印象，這是客觀事實。經過觀測證實的事實，全世界的氣溫一年比一年急速上升。氣候正以人類實際感受得到的速度產生變化，這是地球誕生以來從未有過的事。」

誰也沒有反應，但紺野不以為意，繼續發表他的演說：

「我舉個事實來證明好了……你們應該知道諏訪湖吧？」

「……知道啊。」駕駛座上的人給了可有可無的回應。紺野點頭繼續：

「諏訪湖的湖面每到冬天就會結凍，只要寒冷天氣持續，湖水全面結冰，冰層厚度也與日俱增。當冰層厚到超過一個限度，湖面就會裂開，冰從斷面處隆起。隆起的冰從湖岸一側延伸到另外一側，像一條線狀的冰路，長度可達好幾公里，高度也能達到一公尺。」

「這是日夜溫差造成的現象吧。」我這麼說，紺野就口沫橫飛：

「是這樣沒錯。晝夜溫差造成冰層反覆膨脹收縮，形成了這樣的現象。因為看起來就像神明橫渡湖面的痕跡，人們就把這種現象稱為『御神渡』……然後我是要說，超過五百年前已經有關於這種現象的文獻紀錄，意思就是，五百多年之間，這種現象每年都會發生。」

「你知道得還真詳細。」我這麼一說，紺野似乎很高興。

「因為我小時候參加過鄉土史研究社啦，在那裡學到的。」他露出笑容。神明橫渡湖面啊。不管哪個時代，人類總會從任何事上聯想到神明，試圖從神明身上尋求解答。

紺野比手畫腳，說得更熱烈了。

「可是現在，頂多三年才能看到一次御神渡現象。這是因為，即使冬天氣溫也不夠低，冰層結得不夠厚的關係。你們懂嗎？持續五百年的自然現象，現在已經中斷了。沒有比這更可怕的事了吧。所以說，溫室效應是事實，而且正急速發展中。」

說不定是神明已經不願降臨人間了啊。我這麼想。

雨刷無情地抹去不停落在擋風玻璃上的雨水。看著這一再重複的景象，我恍惚思考關於神的事。

每個人都會思考神的事。

看見溫差造成體積變化的自然現象是如此，自己遭受不合情理的苦難時也是如此。當人類遇到難以理解的事物，往往會向超越人類智慧的存在尋求答案和救贖。幾乎所有這樣的行為都不會被稱為信仰。然而，萌生對神的愛，是全人類與生俱來的能力。我曾經這麼認為，但那是錯的。無論遭遇任何苦難，信仰都能支撐人們度過。我也曾經如此深信不疑，但這也是錯的。

所以，我從那時開始拋棄信仰，改變生存方式。不去遵從某個誰制定的倫理，只憑人類天生的本能和欲望而活。不再對別人抱持期待，也不再對自己抱持期待。甚至連思考都放棄了。要是不這麼做，我就無法逃離內心深刻的傷痛。一如期待，我感受不到痛苦了，但也連喜怒哀樂都感受不到。我連自己內心究竟冀望什麼都不知道，也看不到活著的意義。

我只是不斷空虛地往前走，最後走到這裡。現在，我和一群毫無可取之處的人混在一起，縮著身體坐在棺材般狹窄的汽車後座。

但是，我也遇到了救贖。在這次工作中發現的救贖之光，說不定能照亮我今後的人生。要是能和她共度未來，不知道該有多好。

車窗外，黑壓壓的樹木林立。陡急的柏油路面上，雨水流成了一條小河。輪胎輾過水窪，嘩啦嘩啦濺起水花，沿著滿是泥水的山路往上爬。

風依然不停地呼嘯。不知不覺中，雨勢變小許多，或許我們正在穿越颱風眼。

「什麼聲音？」前座的某個人問。

我望向窗外。樹枝隨強風大幅度搖擺，幾乎要遮蔽狹窄的道路。我只聽見風低吼的聲音……才剛這麼一想，我就聽見那聲音了。地鳴般的低沉聲響，令人聯想到大型推土機疾馳的模樣。問題是，對向車道並無來車，後方也沒有其他車輛。

地鳴聲愈來愈大。那聲響似乎來自頭頂。道路左側山壁陡峭的斜坡往上方延伸，山腹表面多處剝落，露出底下的紅土。沒有設置任何防止土石崩落的網子或護欄。從窗內抬頭仰望斜坡，驚人光景映入眼簾。

黑色波浪從頭上滾滾落下。山崩了。

有人大喊。

「加速！」

駕駛立刻踩油門，引擎發出怒吼。

頭上黑色波浪般的土石流逼近，彷彿要吞噬我們的車。第一道大浪已經抵達路面，車頂傳來石頭接二連三撞擊的聲音。大顆岩石落在引擎蓋上彈起，打中擋風玻璃。伴隨一陣強烈衝擊，玻璃像整片被掀開似的破碎，形成一個大洞。有人發出尖叫，車身左右激烈搖晃。

路面不斷有落下的土塊彈起，留下水花和爆裂的聲音，從我們眼前飛過。

往上坡路的頂端看，已可看見右側樹幹倒下，眼前出現開闊的景色。只要能上到那裡，車子的速度應該可以再加快。

車子持續加速，從左邊逼近土石流已近在眼前，即將阻擋我們的去路。

山上的樹木不斷隨崩落的地盤倒下，朝我們掉落。前方柏油路面已被黑色泥濘淹沒，輪胎逐漸陷入早一步落下的泥濘中。

這時，泥沙撞上車身的左後半部，發出一陣喀啦喀啦的淒厲聲響。再度感受到一陣劇烈衝擊。受泥沙推擠的車後輪朝旁邊打滑，車尾往右邊甩。幸好輪胎還沒有失去抓地力，車身重新轉正，繼續加速前進。山景映入我睜大的雙眼，轉頭往後看，黑色波浪般的土石流已將後方道路吞沒。

甩掉了——

才剛這麼想的瞬間，就從車窗外看見一棵倒下的樹，正由山崖上方飛過半空落下。倉促之間，我用力抓住座椅。後擋風玻璃發出驚人的碎裂聲，與此同時，車身彈跳騰空，前擋風玻璃外的道路翻轉。

我就這樣失去意識。

不知道昏迷了多久。

睜開眼睛時，看見碎了一半的擋風玻璃外，地面橫倒在眼前。不對、橫倒的應該是這輛車。大概是翻車了，車體朝左側地面倒下。

從右邊車窗往上看，白霧狀的雲朵快速飄過天空。身體感覺好沉重，才發現坐我右邊的紫垣整個人壓在我身上。紫垣似乎繫了安全帶，身體受到安全帶支撐，頭往下垂。

「喂。」我推一推紫垣的頭，全身癱軟的他沒有反應。

不只左右兩人，前座的兩人好像也失去意識了。身體都被安全帶繫在位子上，呈現虛脫無力的狀態。駕駛座與副駕駛座前，完成使命的白色安全氣囊萎縮下垂。

我沒有繫安全帶。幸運的是似乎沒有撞到頭，身上也毫髮無傷。

聽見淅瀝瀝的流水聲，應該是雨水積成的水流吧。一方面這麼想，另一方面，腦中卻浮現曾經看過的動作電影場景，汽油從撞毀的車輛流出，一點火就爆炸。

我急忙抓著副駕駛座的椅背往上爬，將身體探向前座。駕駛座上的山吹承受了我的體重，但沒任何反應。我鑽過擋風玻璃的大洞，連滾帶爬離開車子。

眼前景色開闊，連綿的山景看上去就像全景照。要是天氣好的話，一定是一片絕景。然而現在天空烏雲密佈，裊裊白霧宛如群聚的小動物沿著山腹蠕動，給人一種說不出的詭異感。

眼前沒有道路護欄，連地面都消失了。往底下看，切斷的路面以近乎垂直的角度掉在遙遠的下方。我踏出一步，腳下的柏油紛紛崩解，像慢動作鏡頭般往下掉。我趕緊把腳抽回來。

看一眼翻覆的車輛，不禁心驚膽戰。它剛好停在懸崖邊，要是地面再滑一點，可能就會頭下腳上栽進谷底了。或者，如果插入後座那棵樹再把車身往前推一點，我現在肯定不是清醒，而是死了。

車輛後方那條我們一路駛來的道路完全被崩落的土石埋沒。

往車內看，四人還在裡面。所有人似乎都失去意識，不過外表看起來倒是沒受太嚴重的傷。或許都還活著。

得把他們救出來才行。這麼一想的瞬間，一陣強風吹過。風中的雨水打在眼皮上一陣刺痛。

風吹得我站不穩腳步，可見風速依然很強。總覺得強風連車都能吹跑，我把手放在引擎蓋上，試圖支撐它。不過想想，這樣的風速應該還無法將車吹跑。

腦中突然閃過一個念頭。

對了，鑽石呢？

要是掉到懸崖底下就無法挽回了。窺看副駕駛座，手提箱滾落在儀表板上方。我從外面伸手抓住箱子，雖然想拉出來，山吹左手上的鐵絲鏈還連在手提箱上。

「山吹。」我叫他，沒得到回應。

強風再度吹過。轟隆風聲中，幾片破碎的葉子掠過我的鼻尖往身後飛。感覺地面傳來受輾壓似的震動。朝車身後方看，泥水正從崩落的泥沙上流下來，還夾帶著幾塊碎石。或許會再來一次土石流。

我急忙跪在泥水裡，把頭鑽進儀表板上。手提箱的把手旁有四位數的數字轉盤鎖。山吹手腕上的鐵絲鏈妨礙我改變手提箱的方向，只能勉強辨識轉盤上的數字。我知道解鎖密碼，手指放在轉盤上快速滑動。轉出正確的四個數字後，鎖發出「喀嚓」

一聲解開了。

打開箱蓋，出現埋在泡棉墊裡的黑色小袋子。我把那從箱子裡拿出來，八十克拉的鑽石。完成驚險任務才到手的成果。無論如何，這樣就確保鑽石平安了。我發出安心的嘆息，將鑽石放入外套口袋。

好，接下來該怎麼辦呢？必須上哪找到代步的交通工具下山才行。開來的車如眼前所見，已經完全毀損了。車內四人還沒醒來，得快點跟他們討論對策——

想到這裡，思考停止。

仰望天空，環顧四周，附近杳無人跡。天上既沒有飛鳥，地上也沒有走獸，只有呼呼風聲。現在這座山裡，發出氣息的只有我一個人。

我站起來，背對車輛。一個深呼吸後，手伸進外套口袋，指尖傳來鑽石凹凸不平的觸感。我把剛收起來的這個拿出來，將袋裡的東西倒在掌心。

捻起白色閃亮的寶石，緩緩朝天空高舉。手上的濕氣在寶石表面形成一層薄薄的水膜。穿透厚重雲層的微弱日光下，鑽石表面水分折射出複雜的色彩。

要是真有操控人生的神，祂或許有著反覆無常的性格，可能還很喜歡開玩笑。

就在僅僅五分鐘前，我都已經做好死亡的心理準備了。當車體被滑落的土石流吞沒，車身猛烈翻覆，眼前天旋地轉時，最後閃過腦中的念頭是，活埋在泥沙裡不知道有多痛苦。

然而，現在又是如何？

已經來到我鼻尖的死亡，還沒碰觸又消失了。取而代之的，是落入手中的巨大寶石。

八十克拉鑽石帶來的巨富，即使五人平分之後，還是一筆很大的財富。要是獨佔這顆鑽石，得到的就是原本的五倍。只要當場離開，這筆錢全部都將屬於我。雖然我不知道上哪找能收購這麼高價贓物的人，不過，之後再慢慢想就好。

我早已決定忠於欲望而生。忠於欲望而生的人不會被後悔的念頭襲擊，也不會受痛苦折磨。要是站在一樣的立場，留在車內那四人一定也會做出同樣的事。這就是不懂如何愛神，只憑本能而活的生存之道。

對，只要有這個——

想到這裡思考就停止了。我再次打量手中的鑽石。只要有這個就怎樣？就算擁有用不完的大筆金錢又怎樣？這顆鑽石真的是我想要的東西嗎？這就是我的冀望嗎？

我用力甩頭，甩掉懷疑。想起青蛙說我太認真的嘲弄口吻。

事到如今還想那些幹嘛，這樣就對了。我說服自己，握緊鑽石。

好了，那這裡是哪裡呢？

環顧四方，視野裡只有遼闊的山景，附近沒看到人家。車子應該已經行駛到靠近山頂的地方了。從這裡徒步回城裡，得花上很多時間。再過不到一小時天就要黑了吧，風雨也會增強。在那之前我下得了山嗎？

拿出西裝外套內袋裡的智慧型手機。只要GPS還能動，應該就會顯示正確的位置。點按液晶螢幕，畫面上方出現無法通訊的圖示，這裡似乎收不到訊號。

雖說地處深山，沿途走的都是經過鋪設的道路，不像來到沒有基地台的祕境。是收訊的位置不對嗎？

盯著液晶螢幕，我慢慢走動。可是，即使換了位置，螢幕上的圖示也沒有變化。可能是土石流的影響。我放棄GPS，把手機收回內袋。

與其翻過山頂，往回走會比較快嗎？不管怎麼說，想要下山還是得先找到代步工具。

我抓起手上的鑽石，再次朝天空高舉。複雜的切面另一端，山景在折射作用下分成好幾塊，閃閃發光。

這是我的東西。我是幸福的。我這麼說服自己。

這時，石頭表面映出某個黑色物體，看起來像個小小的人影。影子一閃而過，我朝背後轉身。可是，那裡沒有半個人。

腳下泥水飛濺，低頭一看，一顆黃色小球彈跳過來。

停在我眼前的泥濘中，看似小球的物體，原來是圓形的柳橙果實。剛從樹上掉下來的吧。我不假思索抬頭看，沒看到柳橙樹，只有灰褐色的雲飄過。

四處東張西望，將鑽石塞回口袋。

「誰？」試著發出聲音問。

回應我的只有未停止過的風聲，什麼人都沒有。四周也不見移動的黑影了。

我踩著泥水走過去，撿起落下的果實。好像不是柳橙。從來沒在水果行看過這種水果，應該不是常見品種。黑色泥水滑落，果皮靜靜散發光澤。

忽然感覺到人的氣息。

「誰！」視線迅速掃射四周。

翻覆的脫逃用車輛旁、背後的樹林裡、崩坍的土石泥沙上……到處都沒看見人影。

我自然而然朝外套口袋伸手。隔著布料確認，指尖傳來八十克拉的觸感。或許有人想奪走這個。

得快點離開。就在我轉過身，正要邁開腳步時。

腦門傳來一陣劇烈衝擊，意識瞬間飛散。

回過神時，自己的臉頰埋在泥水裡，我趴倒在地。似乎有人從背後偷襲我。剛才那顆柑橘果實滾落眼前，好像在窺看我。

頭頂上方，有人急促呼吸。

得快逃命才行——

然而，就算想站起來，身體也不聽使喚。頭暈目眩，指尖顫抖。雙腿無法使力。我只能在泥水裡匍匐爬行。每動一下，後腦就竄過強烈痛楚。趴在地上的我，感覺背後傳來某人強烈的殺意。

才剛掠過鼻尖消失的死亡，如今再次降臨。

命運之神真的很愛惡作劇。

在這短短時間內，我想了什麼呢？不是毆打我的人，也不是那顆鑽石。意外的，佔據我思考的是神。是我早該唾棄、遠離的信仰。對我來說，思考死亡和思考信仰是同一條線上的事。

等一下我就會被殺死了吧。但是，現在充滿我內心的不是恐懼或後悔，也不是悲傷或憤怒。不可思議的，滿心都是溫暖與安詳。

我改變了生存方式，以為這樣就能逃離痛苦折磨，但那不過是錯覺罷了。痛苦只是換了一種形式出現，我根本沒有獲得療癒。一直都活在痛苦之中。

生命即將被奪走的瞬間，我才第一次察覺束縛自己的枷鎖。不、不對。我早就察覺了，只是自己故意不去看。信仰曾告訴過我，死亡不是結束，只是過程。穿過死亡這扇門，我終於能從痛苦中獲得解脫了吧。不可思議的，全身充滿獲得解放的感覺。

聽見誰的腳踩在泥地裡的聲音，頭上的急促呼吸愈來愈近。那個人正打算給我致命一擊。我微微轉頭，側眼仰望那人。籠罩黑影的臉上，白色眼珠異樣發光。是緋村。他睜大充血的雙眼，高舉手中的岩石。

神啊，請原諒這個人。

這是我最後想的一件事。

緋村之章

意識逐漸清醒，感覺就像遮蔽視野的濃霧被風吹散。

用力睜開眼皮，看見眼前消氣的白色安全氣囊。這裡似乎是汽車內部，駕駛座打橫傾倒，前擋風玻璃碎裂，露出一個大洞。

車外是濡濕的地面，再過去只有黑色的山群。風好像很強，埋沒山頭的樹木彷彿各自帶有自由意志的絨毛，左右搖曳擺動。

往身旁一看，副駕駛座上的男人無力低垂著頭。死了嗎？那傢伙左手朝儀表板上方伸長，繫在手腕的鐵絲鏈另一端綁著手提箱。箱蓋掀開，裡面是空的。看到這一幕，我心裡一陣騷動不安。轉頭往後座看，兩個男人折著身體倒在那。他們似乎也失去意識了。

我究竟昏迷了多久？感覺像只有一瞬間，又像沉眠了百年。甚至產生前一秒才降生人世的錯覺。

我在這裡做什麼？

想撐起身體，腦袋隱隱作痛。耳朵深處發出嗡嗡的高亢噪音。視野像從水底仰望水面般扭曲漂浮。試圖回想發生的事，卻無法順利想出來。就像變形的建築打不開卡死的門，記憶之門只微微動了一下，無法打開。

我解開安全帶，從破掉的前擋風玻璃爬出車外泥地。頭暈目眩，腳步踉蹌。

抬起頭，看見不遠處有個人站在泥地上。那男人背對我，好像正專注思考著什麼，沒有注意到我。

我想叫他，又把話吞回去。

男人單手拿著某樣東西朝天空高舉。是透明閃耀的鑽石。男人站在那裡，默默凝視那個。

他在做什麼？

接著，他拿出智慧型手機，一邊盯著螢幕，一邊四處走動。

我突然感覺一陣怒氣翻湧。連自己都不明白為何產生這股怒氣。

打算跟上那傢伙，我往前踏出一步，腳卻扭了一下。腳尖順勢踢到某樣東西，黃色果實從泥水裡滾了出去。

——糟糕。

一個反射動作，我往車身後方躲藏。感覺得到男人回頭察看。

「誰？」

他的聲音緊張，我躲在車子陰影下窺看。男人撿起被我踢到的果實，一臉疑惑地盯著看。不久他抬起頭，視線左右張望，在即將望過來之前，我往後退躲起來。

「誰！」男人再次大叫。

腳邊有顆壘球大的岩石滾落在地，我無聲蹲下撿起它。再偷看一次男人，他已經背對這邊走出去了。

我從車子旁往外衝，朝他直線飛奔。男人的背影愈來愈大，我用盡全力高舉手中岩石，朝那傢伙後腦毆打。

頭骨碎裂的感覺傳遞到我的右手。

男人踉蹌了幾步，當場趴倒在地，泥水四濺。黃色果實從他手中掉落，在泥濘中滾了幾下。

那傢伙顫抖著身體起身，在泥地上匍匐前進。我蹲在一旁，男人放棄往前爬，趴在地上，只有脖子還在轉動，一副很痛苦的樣子。他側眼朝我抬起，眼神像在懇求什麼，又閃過一絲憐憫之情。似乎想說話，張開的嘴唇痙攣。

我高舉拿著岩石的右手，朝他頭頂用力敲擊。聽見頭蓋骨喀啦碎裂的聲音。一邊喘氣，一邊注視了他的背部好一會兒，男人再也不動了。毛髮間湧出深色的血液。

我把他的身體翻成仰躺，男人的身體莫名沉重。他無力躺在地面上，沾滿泥巴的臉朝天。我翻找他的外套口袋，找到鑽石了。我站起來，看看奪回的鑽石，又看看男人的臉。

他依然睜著眼，但已經死了。

頭好痛。敲打金屬般令人不舒服的聲音一直在腦中迴盪。為什麼我要殺了這男人呢？或許根本沒必要做到這個地步。可是，已經太遲了。做了都做了也沒辦法。是打算背叛我們的這傢伙自己不好。沒錯，這男人想獨自帶走鑽石。所以我才會湧現怒意。所以我才會殺死他。

凝視手上的寶石，寶石散發瑩白的熠熠光芒。

後面傳來聲音。

「你在做什麼？」

回頭一看，有個人站在那裡。那男人一直盯著我看。

這年輕男人是誰？我緩緩動著腦袋思考，年輕人露出緊張的表情，再次開口。

「你到底在做什麼？」

男人這麼問我，我凝視他的眼睛。他也看著我的眼睛，整個人像要被吸入那雙眼裡，我無法轉移視線。夾帶水氣的風發出咻咻聲吹撫臉頰，黏膩得很不舒服。年輕男人眼底映出黑暗醜陋的東西。冷酷的，自我中心，不惜踐踏他人的邪惡本性。看起來溫和知性只是外表的偽裝，不是真正的本質。他掩飾著真實本性而生，我很清楚這一點。

我對男人慢慢開口：

「你是……對了，你是灰原先生吧。」

這是年輕男人的名字。聽我叫出他的名字，灰原一點也不吃驚，睜大不帶感情的雙眼。

翻覆車輛中的男人們、剛才被我殺死的白石，以及這個灰原都是強盜同夥。這五人搶奪了鑽石，逃到這個地方。我的意識對此感到清楚明瞭，也想起自己是什麼人了。

再次對茫然僵立的灰原開口：

「灰原先生……我們是夥伴吧？」

「我們是……夥伴。」灰原的語氣像在說夢話。

「對，我們是夥伴。」

一邊說服他，我一邊緊盯著灰原。好像能看見什麼。我默默凝視他的內心深處。他眼中有什麼搖曳著。那是醜惡的黑影。欲望的黑影。

我問那黑影：

「你想要錢對吧……？」

灰原默不吭聲，我繼續說：

「……錢會是我們的，只要殺掉其他人就好。」

說著，我對他微微一笑。灰原重複我的話：

「殺掉……就好。」

我點頭。「很簡單的，只要殺掉其他所有人就好……我們辦得到。」

潮濕的風在耳邊呼嘯。像找到玩具的小孩，灰原綻放笑容。

「那還……真有意思。」

我回以笑容。

「鑽石在我手上。只要把那輛車推落谷底，世人會以為強盜全都死於事故。這麼一來，誰也不會追查我們。」

「是啊。」灰原笑著點頭。

「請幫我一把。」

我對灰原招手，和他一起用肩膀推撞翻覆的車。

「數到三就用力撞。」

灰原點頭。

配合我的號令，我們一起推車。翻覆的車發出嘎吱聲，雖然幾度朝懸崖方向傾斜，卻沒有倒下去。不管試幾次結果都一樣。只有車身大幅搖晃，但始終不朝對側翻覆。看來，車身可能陷入泥濘中。

這時，後座車門忽然朝天空打開。敞開的車門裡伸出一隻手。是紫垣。紫垣正打算爬出車外。

我嘖了一聲。已經醒來就沒辦法了。放棄把車推落谷底吧，我低聲對灰原說。

「先暫時放棄，請你去協助紫垣。」

灰原點點頭，從車旁離開，對正在爬出後座的紫垣伸出手。紫垣注視灰原，露出疑惑的表情。

照這情形看來，山吹和紺野應該也還活著吧。可是，我已經完全不想跟他們分這顆鑽石了。得想辦法甩掉這些傢伙才行。

我繞到車頭，心頭一驚。被白石打開的手提箱還在儀表板上，箱子裡空蕩蕩的什麼都沒有。山吹還沒醒來。

我急忙蹲下，正想伸手蓋上箱蓋，一個轉念又停止動作。

山吹曾是經營小鎮工廠的熟練作業員，有段時間親手製造了不少火箭零件等需要精密加工的品項，對重量變化相當敏感。他說不定會發現空手提箱裡的東西消失了。

有沒有什麼能代替鑽石放進去的呢？我環顧四周。

剛才那顆黃色果實就掉在後面。雖然不知道這東西打哪來，柑橘類的重量應該和鑽石差不多吧。我撿起果實，迅速放進手提箱。蓋上箱蓋，隨便轉了幾下號碼鎖就離開了。山吹看來還沒清醒。

等等喔。

我摸摸自己外套口袋，感受鑽石堅硬的觸感。

要是眾人發現手提箱裡的鑽石不見了怎麼辦？我一定也會成為被懷疑的對象。一旦搜身，偷走鑽石的事就會見光死。必須趁現在找個地方把鑽石藏起來。可是，要藏在哪？我掏出鑽石，東張西望。

翻覆的車內，灰原正伸手幫忙把紫垣拉出來。

我背轉過身，裝作察看白石的樣子，蹲在屍體面前。白石依然張大嘴巴，像把人生最後一口氣吐出後就這麼死了。

我握緊手中的鑽石。

藏在哪裡好？埋到地下？不、沒那麼多時間了。

「緋村。」背後傳來叫我的聲音。「……那傢伙怎麼了？」

朝後方斜瞄一眼，脫離車子的紫垣看著這邊。在他背後是正從後座爬出的紺野。

灰原一邊伸手拉紺野，一邊朝我投以一瞥。

「那是白石？」紫垣又問了一次。

「……」我背對他沒有回應。握著鑽石的手心都是汗。

「那傢伙還活著嗎？」
感覺到紫垣隔著我的肩膀探頭看白石的屍體。
紫垣踩著泥濘，一步一步逼近。
「喂！」他不耐煩地又問了一次。
不能被看見搶來的鑽石。汗水沿著額頭滑落。
怎麼辦——？
紫垣的腳步聲已經來到背後。
陰影罩住我的手，紫垣站在身邊，低頭俯瞰屍體。
我雙手一攤，抬頭看紫垣，表示「沒救了」。
「……太遲了。」
紫垣皺眉，視線落在白石死去的臉上。
「死了嗎？」
「對。」
「…………」
紫垣似乎很錯愕，閉上嘴不說話。
「死了？白石死了嗎？」從車子裡出來的紺野發出高亢的聲音，快步靠近這邊，低頭看仰躺的白石屍體。

「他被壓在車子下面了。我和灰原先生一起把他拉出來，可是已經……」

聽了我的話，凝視屍體的紫垣和紺野為之語塞。灰原站在稍遠處，我看他一眼，他什麼也沒說，用視線回應我。我對他輕輕點頭。

剛才我在倉促之間藏起了鑽石，紺野和紫垣都沒發現。總之姑且安全過關。

「真不走運。」紫垣表情嚴肅，對著屍體嘀咕。

「這下只能用走的回去了呢。」紺野轉頭看毀損的車輛，嘆了一口氣。

「要回去嗎？」

紫垣瞠目結舌。紺野回答：

「雨接下來還會繼續下吧，我可不想在全身濕透的狀態下半夜翻山越嶺。要是一個弄不好會死人的，入夜之後的雨水很冰冷，我在車裡不是說過嗎？」

紫垣一臉不耐煩，回了句「誰記得」，在路邊岩石上坐下。

白石的屍體已經失去血色，緊抿的雙唇開始發紫。

「總之先確認一下周圍的情形吧。」我朝道路前方望去。「說不定能找到民宅。我往前走一點看看……麻煩各位注意一下山吹先生，他應該也還活著。」

說完，我朝上坡路走去。

「等等，我也要去。」紺野追上來。

其實我想一個人靜下來思考，但也沒理由拒絕，只好點點頭。

紺野轉身對後面大喊：「灰原！」

「什麼事？」

「你去幫忙把山吹從車子裡弄出來吧，他年紀大了，說不定自己動不了。」

「我知道了。」灰原揮揮手，這麼回答紺野。

坐在石頭上的紫垣一臉不悅，點燃香菸。雖說紫垣應該沒察覺我把鑽石藏在哪裡，有灰原留著我就放心了。他肯定會幫忙監視紫垣，不讓他做出多餘的事。似乎領會到我的想法，灰原對我咧嘴一笑。

我轉身爬上斜坡。用流過柏油路的雨水清洗弄髒的鞋子。雙腳輪流向前邁進，逆向踢起水花。得好好想想接下來該怎麼辦才行。

那幾個男人完全把我當成了夥伴。找個機會殺死他們所有人吧。這麼一來，那顆鑽石就屬於我了。可是——

看著自己踢起水花的腳尖，我在想。

我真的可以做出這麼卑劣的行為嗎？

抬起頭。

當然可以。

人類的倫理道德對我已不適用。忠於欲望而活不需要受到譴責。

我不是人。

那個年輕人——灰原潛藏醜陋惡意的眼神，喚醒了沉眠許久的我。

鑽石是我的。

山吹之章

——六小時三十五分後——

「我不曉得你們是人還是山之眼，不過鑽石我不要了，給你們……我要退出。」

紺野看著我們這麼說。

我還是不明白。紺野雖自詡專業人士，但缺乏強盜經驗。即使如此，還是加入了這次的行動，可見他需要錢。這樣的紺野寧可放棄大筆錢財也要逃走？心甘情願放棄鑽石一定有什麼理由。

不知如何看待我的懷疑，紺野突然激動地拿出菜刀。只能說至少比槍好一點。

紺野手握菜刀牽制我和緋村，一邊後退，一邊朝躺在地上的屍體望去。一直退到白石屍體旁，伸出腳尖掀開蓋在屍體上的毛毯。從掀開的毛毯底下，看得到白石的腳。

看到這個，紺野臉色大變。

他明顯焦慮，一腳踢開蓋在屍體上的毛毯。白石屍體腰部以下全露出來了，被雨水淋濕的黑色長褲還沒有乾。

紺野像在找什麼。用充血的眼神看我們。

「去哪裡了？」

我根本不知道他在問什麼。朝緋村看一眼，他也一樣表情困惑。

「……什麼？」我提出反問，話都還沒說完，紺野就用強硬的語氣說：

「我的背包。」

一旁的緋村疑惑地問：「背包？」

激動的紺野大叫：「別騙我了！除了你們，這裡還有誰！」

背包是指什麼？他在毛毯底下找的就是背包嗎？

掀開的毛毯底下，白石的屍體只露出下半身。即使搬進這宅邸已經過了好一段時間，吸飽雨水的長褲依然濕答答的。腳上穿的橡膠雨鞋也還在滴水……

——雨鞋？

我發現了。躺在紺野腳邊的屍體，不是白石。

白石穿的是黑色皮鞋，總不可能在死後才換穿雨鞋。這麼一想，屍體的身高似乎也比白石高一點。這屍體是誰？

緋村靜靜地說：

「……說山之眼在這裡的人是你。」

就在這時——

不知是誰的那個屍體，從原本仰臥的狀態慢慢彎起膝蓋，慢慢無聲地站起來。身上的毛毯掛在頭上，那模樣簡直就像站起來的是掛著外套的衣架。

頭上蒙著毛毯的屍體……不、是人，就在紺野背後搖搖晃晃起身。

我和緋村驚訝得說不出話。微弱燭光下，披著毛毯的站姿宛如某種異形怪物。

察覺我們表情有異，紺野回過頭，僵住了。

下一瞬間，槍聲響起。這個晚上已經聽過好幾次的聲音。

紺野手上握著的柳刃菜刀哐啷掉落地上。他似乎還搞不清楚發生了什麼事，手放在被槍擊中的胸口，身體往前蜷曲倒地。

毛毯下飄出白煙，發出燒焦的臭味。破洞裡露出轉動的眼珠，我差點以為是紫垣。不過，那傢伙已經死在洞裡了，這是剛才親眼目睹的事。既然如此，眼前這傢伙是……？

披著的毛毯刷一聲掉落腳下。舉槍站在那裡的，是臉頰凹陷的瘦削男人。這張蒼白的臉我很熟悉，那個狠狠毆打了我的人，變成屍體躺在那裡的一郎弟弟——金崎二郎。

二郎用昆蟲般毫無感情的眼神望向我們。

「站到那邊去。」他揮舞槍口。

二郎手上拿的是紫垣的槍。我想起遺棄廢車那個大洞周圍被踩得亂七八糟的泥地。二郎大概就是在那裡將紫垣推落洞底，搶走他的槍吧。

他又是什麼時候頂替了白石的屍體呢？剛才我和紺野待在大廳時，地上的還是白石的屍體。之後我們走到外面，發現了紫垣的屍體。二郎肯定是在這段期間進入宅邸埋伏的。可是，大廳內並未看到有人進入的痕跡，連結大廳和後門的走廊上也一樣。

胸口中彈的紺野倒地不動。

「紺野老弟。」這麼叫他，但沒反應，他也死了。

二郎無血色的黑色嘴唇扭曲，再說一次：

「我說站到那邊去，你們這些骯髒的小偷。」

在說什麼啊，你們才是小偷吧。

但是，人在槍口下，不得不從命。我和緋村朝槍邊移動。

「媽媽。」二郎對二樓喊。

從大廳上二樓的階梯上，一個老太婆從扶手探出頭來，是金崎夫人。

夫人踩著輕佻的腳步下樓。這時間明明不可能外出，她卻揹著一個粉紅色的後背包。豪雨中逃出屋外之後，或許一直躲在外面的什麼地方吧，額前的白髮濕淋淋地貼在額頭上。滿臉笑容，心情似乎很好。

「……背包放著就好了啊。」二郎苦笑說道。

金崎夫人撿起掉在地上的菜刀，朝藍色塑膠布上並排的屍體望去。眼神就像在看午睡的孫兒一樣慈祥。

「大、大家都、死、死了呢。」

她不可能沒發現自己的兒子也在屍體堆中。然而，這女人並未表現出特別受到打擊的神態。或許對她而言，成為屍體的人就不再當人看了吧。母子都跟昆蟲一樣無情。

聽了母親的話，二郎點頭。

「小偷會受到報應的，媽媽，妳去暖和一下身子吧。」

夫人微笑點頭，坐在柴火暖爐前的椅子上。

二郎用輕蔑的視線看我們。

「衣服脫掉。」他下令。

我們默不吭聲也不動作，二郎靠近一步，槍口對準我的臉。

雖然不記得已經開過幾槍，槍裡應該至少還有兩三發子彈。早知道事情會演變成這樣，上車時就該把子彈卸除才對。

我和緋村脫下黑色外套和襯衫。

「內衣也要脫，還有鞋子和襪子。」二郎說。

我們脫下T恤丟在地上，也脫下鞋襪。我和緋村裸著上半身，只穿長褲站在暗處。赤腳的腳底一陣冰涼。金崎夫人看我們的眼神，像看到什麼耀眼的東西。那把菜刀放在她腿上。

「下面也要脫嗎？」我問，二郎咧嘴一笑。

「……用槍殺人真容易，我喜歡。」

「沒那麼容易打中喔。」

聽到我這麼說，二郎狠狠瞪我。事實上，即使距離很近，手槍要命中目標比想像中困難。更何況是第一次用槍的人。如果能找到機會撲向這傢伙，或許有辦法制伏他。

二郎不知是否察覺我的念頭，憎恨的視線絕不從我們身上移開，槍口也始終對準我們。

「……你們殺了大哥。」二郎說。

「你不也殺了紫垣？」我回答。

二郎露出疑惑的眼神反問：

「紫垣？」

「你殺了他，搶走他的槍。」

「喔……那個高大的男人啊。」二郎撇撇嘴笑著說。「那傢伙死在洞裡了。」

「不就是你殺了他嗎？」

二郎沒有回答，看一眼手槍反問：

「你們為什麼帶槍？」

我們不作聲，二郎就刻意歪著頭開口：

「……因為你們是骯髒的強盜吧，新聞都播了。」

他發現我們的真面目了嗎？汗水沿額頭滑落。

二郎舉著手槍，哼了一聲。「……什麼大顆寶石的，原來就是這麼回事啊。」他小聲嘀咕。

我懷疑自己的耳朵。連鑽石的事都知道了？新聞已經報導到這麼詳細的案情了嗎。

二郎重新握好槍，指向緋村眉心。

「……寶石在哪裡？」

面對二郎的質問，緋村依然冷靜。「我不知道你在說什麼。」

二郎睜大眼睛，幾乎要迸出來的眼珠在燭光下閃爍。

「大哥已經死了！現在我就是這個家的主人。不准對我撒謊喔，你們這群骯髒的盜匪！大鑽石應該就在你們手上，我是這麼聽說的。」

緋村似乎已死心，搖了搖頭。

「不在我們手上。」

「少胡扯了。雖然我大哥只對折磨人、控制人有興趣，我可不一樣。錢永遠不嫌多……那個手提箱裡的東西呢？」

二郎用槍口指了指桌上，空手提箱還放在那。

緋村回答：「沒有胡扯，有人把裡面的東西搶走了。」

「胡扯。」

「真的，裡面被換成了這個。」緋村指向桌上的取雪果實。

「啊？」二郎依然舉著槍，挑眉說：「這什麼？」

「箱子裡的東西，被人用這個調包了。」緋村重複一次。

二郎看了看緋村的臉，又看了看取雪，低聲說：

「這是御神木的果實。」

我和緋村面面相覷。

「……御神木？」我反問。

「就是取雪。」二郎回答。「即使沒有綁上注連繩，從以前到現在，這種樹都被稱為御神木。御眼大人旁邊原本有一棵，白天跟著土石流被沖走了。」

「御眼大人……是指山之眼嗎？」

我這麼問，二郎驚訝地睜圓雙眼。「……你居然知道。似乎也有人這樣稱呼。大哥經常說，那棵取雪是從前人們為御眼大人而種的。也不知道為什麼，大哥從以前就很崇拜那個道祖神。」

聽來跟紺野說的一樣。

取雪樹原本種在二郎稱為御眼大人的道祖神旁。這棵御神木，一定就是被沖進我們車中的那棵樹了。罕見的豪雨造成山崩，使得這棵用來封印妖怪的樹連帶倒下，不巧還掉在我們車上。照紺野的說法，山之眼的封印因而解除，妖怪找上了我們。

看著我陷入思考的表情，二郎歪著頭說：

「……所以是這麼回事嗎。」手中槍口輪流對準我和緋村的鼻尖，二郎像在玩弄我們。「你們闖入珠寶行搶走寶石，駕車逃逸途中遇到坍方事故。之後又發現手提箱裡的寶石不知什麼時候被人調包成取雪的果實……是這樣嗎？」

我和緋村對看一眼，向二郎點頭。

二郎先是沉默了一會兒，又噗哧一聲，一副難以忍受的樣子撇撇嘴，用毫無感情的聲音笑起來：

「哈哈哈哈哈。」

槍口忽然朝向緋村，槍聲一響。

緋村發出不成聲的呻吟，當場跌在地上。

「緋村！」

倒下的緋村側腹湧出鮮血。子彈似乎穿過了他的側腹，倒下時看得見背後也在出血。血從赤裸冒汗的肌膚上流過。

「……被槍打中了。」緋村表情痛苦扭曲。

我撿起掉在地上的緋村內衣，急忙壓在他的傷口上。

「用這個壓住傷口。」

緋村顫抖著點頭。

二郎將剛冒出火花的槍口轉過來盯著看，一臉不甘心。

「……果然很難打中。我明明瞄準心臟的。」

「為什麼要開槍！」我朝二郎大喊。

這傢伙對我投以冷冷的一瞥。

「我是金崎家的一家之主，不允許任何人說謊。」

「他又沒有說謊！」

「鑽石拿來。」

「我們也不知道鑽石在哪裡啊！」

「那就去找。」

「要去哪裡找？」

「我哪知道。不想死就拚命去找出鑽石啊。抓到了你們卻拿不到想要的東西，那傢伙不會善罷甘休的。什麼事都瞞不了，那傢伙隨時都在看著我們。」

「……看著我們？誰？」這麼問，腦中浮現的是御眼大人。

「總之你們給我去找！」二郎顯得有些急躁，瞪著我們。

「先讓他療傷吧。」

急救箱還在桌上，裡面應該有消毒水和繃帶。我正想伸手，二郎就發出嚴厲的聲音：

「不行。」

「他會死的！」

「死了也沒辦法……男人一個就夠用了。」二郎槍口對著我，裡面應該還有子彈。坐在椅子上的金崎夫人「呵呵」笑起來。

我咬緊牙根，這家人不正常。

「你如果不想跟著死，就給我好好找鑽石。」二郎說。

「……好，我會找。天一亮立刻就去找，我會和緋村兩個人一起找。所以，讓他療傷吧。」

我強忍怒氣懇求。二郎露出若有深意的淺笑，低頭睥睨我們。

二郎臉上滿是愉悅的神情。和他哥哥一郎一樣，這男人也以折磨人為樂。

故意賣關子似的，一個呼吸之後，二郎才收回手槍說：「……好吧。」

我衝向急救箱，把裡面的東西倒出來。找到幾片紗布，也有消毒水。抓起這些，蹲在緋村身旁。

說是療傷，我從來沒處理過槍擊的傷口，到底該怎麼做也不知道。

只能先拿起紗布擦拭緋村的傷口。血才一擦掉又流出來，紗布瞬間濕透。不過，出血的程度已經慢慢減輕了。子彈可能沒打中較粗的血管，位置在腰部上方，貫穿側腹。差不多是腎臟下面吧？子彈穿透的背部傷口出血較少，也沒看到碎片，應該沒打到骨頭。

似乎很痛，緋村發出呻吟。

「天亮就去給醫生看。」我這麼一說，緋村就望著自己的肚子嘆氣。

「人體的血液量……大約是五公升……」

「還滿多的嘛。」

「流失兩公升就會死。」

「……這樣你可以放心了，你流的血還裝不滿一個杯子。以前我工作的地方有人被轉盤夾斷手指，那傢伙流的血比你更多，但他也沒死。」

我拿新的紗布壓上傷口，再用緋村的內衣用力壓上去。壓迫傷口或許能遏止出血。

緋村皺著眉說：

「……山吹先生。」

「什麼事？」

「不要看醫生。」

「我知道了。」我點頭。

「好了沒？」低頭看我們的二郎說。「……好了的話，就帶你們到睡覺的地方去。」

拿起架上的油燈點燃，二郎將油燈放在地上，蹲在柴火暖爐邊，朝地板伸手。接著，喀啦一聲拆下地板，露出長寬各約一公尺左右的方形洞穴。看得見底下有道通往黑暗中的階梯。

「從這裡進去。」二郎用槍口指著腳下。

我讓緋村扶著我的肩膀站起來。木製的簡陋階梯下是個黑暗地洞。

「這裡是哪裡……」

這個家裡的隱藏階梯肯定不會通往什麼好地方。

「快點下去。」二郎手上的槍口抵住我的背。

地洞入口狹窄，一次只容一個人通過。我先下去，接著是緋村。後面的二郎提著油燈照明，但看不清楚腳下。洞內冒出一股類似糞便的惡臭。

下樓後，那裡是一間天花板低矮的水泥地下室。大小只有兩坪多一點。看到裡面的東西，我不禁毛骨悚然。靠著左右兩側牆壁設置的，是兩個大籠子。像關大型犬的那種狗籠。

這裡不只是地下室，更是地牢。

兩個牢籠之間，趴著一具屍體。是白石。看來是從樓梯上丟下來的，屍體伸長了雙手，趴在骯髒的地板上。

「今晚這裡就是你們的家。選自己喜歡的進去吧。」

說著，二郎把油燈掛在牆上。期間，槍口仍毫不鬆懈地對準我們。「快點進去。」

籠子門很小，得彎腰才進得去。我放棄掙扎，蹲低身體鑽進右邊的籠子。赤腳直接踩在地板上，傳來一陣刺骨的涼氣。緋村也跨過白石屍體，鑽進對面的籠子。他的手按在側腹，傷口似乎很痛，背上滿是冷汗。

籠子裡非常臭，動物腐爛的氣味中夾雜著類似阿摩尼亞的刺鼻臭味。地板上黏著黑糊糊的不知道什麼東西。

二郎關起籠門，分別鎖上兩把大大的鎖頭。

「別想逃，誰試圖逃走我就殺誰。等天一亮，就去給我找鑽石。」

說完，二郎上樓走了。頭上傳來嵌上地板的聲音。

油燈微弱的火光照在狹窄的牢獄內，旁邊掛著一串鑰匙，應該是鎖頭的鑰匙。只是，從籠子裡伸長了手也摸不到。

我試著搖一搖籠門。這不是關寵物用的籠子，比那更堅固牢靠，應該無法輕易破壞。仔細一看，隨處還加上了補強的金屬板，看似後來才設置的，有些地方有焊接的痕跡。除此之外，籠子底部以巨大螺絲拴在水泥地面。

我們一定不是第一個被關進籠子的人，這籠子早就經過多次改良。

「你還好嗎？」

我這麼問，緋村背靠著對面的籠子回答：

「……我被槍打中，怎麼可能還好。」

按在傷口上的內衣已被血染紅。

「說的也是。」

「……這籠子，無法破壞嗎？」緋村說。

籠子的高度約一公尺，我們連站都站不起來。我坐著踢籠子，不管試幾次，金屬柵欄仍不動如山，連聲音都沒發出一點。絕對不是用腳踹就能破壞的東西。

確認了鎖住籠門的鎖頭，那也不是玩具鎖頭。掛鉤部分外露的面積很小，製造時就做了預防被鋸斷的措施。

「……不太可能。」

「這不是你的本行嗎？」

「沒工具的話就辦不到啊。」我對緋村搖頭。

環顧室內，水泥牆面上到處都有裂縫，從中滲出水漬。地板上一點一點看似污泥的黑垢，或許是老鼠屎。

籠子裡吊著一個塑膠容器。裡面什麼都沒裝，表面滿佈黏膩的污漬，發出酸腐的氣味。可能用來裝過湯汁之類的食物。我忽然一陣噁心欲嘔。

緋村縮了縮身子。「……好冷。」

這裡確實很冷，何況我們還裸露上半身，連襪子都沒穿。緋村更是失血不停。看他似乎真的很冷，嘴唇不住顫抖。

室內僅有微微的空氣流動。與二郎上樓走上大廳的階梯相反邊的牆上有一扇門，這地牢似乎還有裡間。空氣大概是從地牢裡間往一樓大廳流動。

「……對不起。」緋村輕聲說。
我看著他。「為何道歉？」
「我沒想到事情會變成這樣。」緋村疲憊地閉上眼睛。
「誰都料想不到啊。」
「也是……」
緋村這麼回答後，靜靜閉上眼睛，似乎快要睡著，又忽然喃喃低語：
「……山之眼。」
「什麼？」
「山之眼……你認為真的存在嗎？」
我再次望向牢籠另一端的緋村的臉。雖然流了不少血，他的意識看起來還很清楚。
「……別提這個了。」
「我們之所以搞砸……都是山之眼害的。」
「別說了，好好壓住你肚子上的傷口。」
不知是否沒聽見我說的話，緋村微微睜開眼，語氣激動：
「你不擔心嗎？那傢伙或許混進我們之中了呀。」
「……為什麼要說這種話。」

「沒什麼……可是，你真的不擔心嗎？」緋村靠著牢籠，只有眼珠朝我轉動。

「……我說不定是山之眼耶。」

感到背上寒毛直豎，想起紺野說的話。

——山之眼是會混進人類之中，煽動恐懼心理，趁隙偷襲的妖怪。

什麼妖怪嘛。我聳聳肩，回答緋村：

「……如果你是妖怪，就不會落得這種慘狀了吧。」

緋村淡淡一笑。

我們不再開口說話。

遠處傳來咻咻風聲。

我想起地下倉庫存放的東西，那裡殘留了許多人的痕跡。為數眾多的衣服、行李、身分證，還有被遺棄在屋後的大量廢車。再加上這個地牢。不知道曾被囚禁在這裡的那些人後來怎樣了？唯一知道的是，他們一個人都沒有存活。我們的下場會是如何，也就不難想像。

趴在牢籠前的白石屍體，嘴巴依然抿成一直線，臉頰碰觸骯髒的地板。

看著白石的屍體我心想，我們的鑽石到底消失到哪去了？

令我們陷入眼前這個狀況的原因是金崎母子，他們是殺人取財的強盜。要是沒有翻越這座山就不可能遇到他們，他們卻表現得像是早就在等我們的車開來。一來就被下藥和上銬，怎麼想，他們都不可能事前毫無預測。然而，鑽石卻沒有落入他們手中。

紺野說了山之眼會殺死夥伴的話。如果那是真的，難道搶走我們鑽石的是山之眼嗎？真的有妖怪混入我們之中偷走鑽石？我總覺得難以接受。無論妖魔還是鬼怪，就算那種東西真的存在，我也不認為牠會想要鑽石。

我攤開雙手，目光落在自己掌心。

唯一能確定的只有一件事，那就是——這雙手曾一度掌握那顆鑽石。攀上這座山頭前，鑽石確實還在。無論是否真有山之眼，鑽石都不可能化為一陣輕煙消失。那顆鑽石，絕對還在這附近。

滴答。

某處傳來水滴落下的聲音。

窸窣。好像有什麼在動。

我抬起頭。

原本以為是老鼠跑過去，但什麼也沒看到。只有油燈火光映出的牢欄影子在牆上晃動。對面籠子裡的緋村抱著膝蓋，動也不動。

大概是錯覺吧。這麼想著，正要閉上眼睛時，發生難以置信的事。

被丟在籠子前的白石右手微微一動。

已經死那麼久了，屍體還會抽搐嗎？

白石指尖先是往上翹起，接著又敲向水泥地板，做出抓扒的動作。我驚訝得差點站起來。

伏在地上的白石一個翻身，變成仰臥的姿勢。接著，他的臉像傀儡人偶一樣，以不自然的動作轉向我。

——怎麼可能，你為什麼會動？

埋在蒼白皮膚裡的兩顆眼珠，像左右兩隻不同生物，各自不規則地轉動。很快地，眼珠停下來，緊盯著我看。

滴答。再次聽見水滴的聲音。

像肩膀被什麼吊起來，白石以詭異的姿勢起身。身體彷彿裊裊上升的熱靄，在牢籠前歪歪扭扭站了起來。他站定在那裡，歪著頭思考什麼，只有視線往下看我。

我對白石說：

——打開這個。

白石沒有回答，依然緊閉著嘴凝視我。我問他：

——鑽石在哪裡？你知道嗎？

他沒有回答。我再問一次。

——死人用不到鑽石，你如果知道在哪裡，就告訴我。

短暫沉默之後。

白石乾燥的嘴唇突然發出聲音嚅動。兩片嘴唇分開，拉出一道口水絲，嘴愈張愈大。嘴裡什麼都沒有，沒有牙齒也沒有舌頭，只有一片漆黑。

我聽見類似橡膠斷裂的聲音，白石嘴唇兩邊的皮膚撕裂，嘴角同時朝上下扯開，裂口直延伸到耳根，露出皮膚底下粉紅色的條狀肌肉。即使如此，白石依然不停張嘴，裂成片片的嘴角用力噴血，鮮血滴在地上。

我停止呼吸，全身冒汗，連尖叫聲都發不出。低沉的耳鳴在腦中嗡嗡迴盪。

白石的下巴已經裂到胸口，整張臉融化般垂直往下掉，眼睛的位置變得左右不對稱。他看起來甚至已經不像個人。

滴答。

我猛地睜開眼睛。

自己似乎在不知不覺中睡著了，或者應該說是昏迷了才對。摸摸額頭，手濕成一片。天花板上裂縫滲出的水滴到我臉上了。

有什麼將我的意識拉回來。靠在牢籠欄杆上的背部隱隱作痛。緋村好像也發現了，從籠子裡緩緩抬起頭。

頭上傳來「喀啦」一聲。地板被移開的聲音。

隔著欄杆，我和緋村對看一眼。是二郎回來了嗎？

一雙沿著階梯慢慢下來的皮鞋映入眼簾。看到下來的男人的臉，我倒抽了一口氣。

「紺野老弟……！」

不會錯，進入地牢的是紺野。他將食指豎起，立在小鬍子前。

「你……不是中槍了嗎？」

我這麼問，紺野便將手伸進胸前口袋。拿出來的東西，是他的智慧型手機。液晶螢幕已經粉碎，鋁製保護殼也凹了一個大洞。儘管二郎當時站得離他很近，幸運的是子彈射出的角度偏移。雖然命中了手機殼，但沒有貫穿。

「那對母子上二樓去了。」紺野說。

「請幫我們開鎖……鑰匙在那邊。」緋村指著掛在牆上的那串鑰匙。

紺野拿下鑰匙，用其中一把插入我牢籠上的鎖頭，打不開。連續試了幾把才終於解鎖。接著再幫緋村打開牢籠上的鎖。

為了避免發出聲音，我們小心翼翼推開籠門，走出來。

「我要逃了。」紺野小聲說。

就算要逃，我也不想丟下鑽石。

「你要空手離開嗎？」

聽了我的話，紺野露出難以置信的表情。
「你怎麼還在說那種話？想要鑽石的話，你們自己去找。我要退出了。」
「……那個背包。」緋村語氣嘶啞。「……那個背包裡是什麼？」
紺野背上揹著粉紅色的背包。
「……這是我的。」紺野緊張起來，臉上寫著警戒。退後一步，像是想遮掩背上的背包。
「裡面裝了什麼？」
我問，紺野顯得有些膽怯。「別管我。」他繼續後退。
「紺野老弟……」
我伸出手。「別碰我！」他大喊。
冰冷的地牢裡，紺野沙啞的聲音形成回音。
「喂、喂！小聲點。」
二郎或許會發現。我一邊警告，一邊急忙收回手。紺野依然一臉害怕，看了看我和緋村。
「我、我不想被殺掉。」
「誰要殺你？」我觀察紺野的表情。「山之眼嗎？」

紺野搖頭。

「山之眼……山之眼是無法捉摸的怪物。仔細想想，那也是理所當然的事……我想起來了。」

「想起什麼？」

「山之眼，是『水之面』……是『水之面』。」

「………？」我不懂紺野想說什麼。

「水面啊。對著水面看，只會看到自己的臉。我一直都誤會了，出現在傳說中的巨大眼珠不是妖怪的眼珠，那是自己的眼睛，正在看著自己！」

「你太大聲了。」我豎起食指放在嘴邊。然而，紺野忘我地繼續說著。

「……要是去窺看那隻眼，最後就會被附身。這家人就是這樣。即使山之眼被封印住了，他們還是活在山之眼的視線下，一定無法保持正常。因為山之眼映出的是自己的黑暗面……對別人的羨慕、憎惡，或是內心的欲望。一直凝視自己的黑暗面，會令人發瘋的！」

紺野的聲音更加高亢。

「安靜。」冒著冷汗的緋村著急地說。

紺野無視我們的提醒，兀自說了下去。

「……也難怪人們不知道山之眼要做什麼，因為山之眼就是什麼都不做的妖怪。牠只是混進人類之間看著而已，山之眼什麼都不做，也不會殺人……殺人的都是人類自己！」

突然，頭上傳來踩踏地板的聲音。

我們反射性地朝天花板望去，似乎有人從大廳下來了。是二郎嗎？地板應該還是掀開的狀態，他馬上就會發現紺野下來的事。

我躡手躡腳，朝樓梯對面的另一扇門伸手。拉門輕易滑開，後面還有一條通道。只能從那邊逃了。

我以眼神催促，紺野和緋村也點頭。緋村拿下掛在牆上的油燈。

我們避開白石的屍體，靜靜走進通道。

緋村回頭看，停下腳步。

他在做什麼？

「快點。」我低聲說，緋村急忙跟上來。

我們在油燈照明下沿著地下通道往後走。天花板很低，必須彎著腰才行。牆上的裂縫滲水，地上到處都有積水。啪答啪答的水聲在通道裡迴盪，似乎還沒有人追上來。

紺野不安地開口：

「萬一這是條死路怎麼辦？」

「不、有空氣流過，一定能通往外面。」我回答。

愈往裡面走，雨聲愈大。通道盡頭是一道階梯，和通往大廳的一樣，是木製的陡峭樓梯。看得到樓梯頂端有一扇像蓋子一樣的雙開鐵門。流通的空氣應該就是從那門縫裡吹進來的風。我和緋村打著赤腳，裸上半身，外面又下著雨，就這麼出去的話或許會凍死。但也不可能回頭拿上衣了。

「上去吧。」一腳踩上階梯時，後方的燈光一陣晃動。回頭一看，緋村正把油燈放在地上，痛苦地靠著牆壁。

「很痛嗎？」我問。

「你請先走吧。」緋村舉起一隻手。

「你爬不上樓梯？」

「不要管我了，請快逃吧……我至少能幫你們擋一陣子。」說著，緋村抬起汗濕的臉。他從來沒有這麼消極過，看來槍傷對他而言很是折磨。

「別管他了吧。」紺野在我耳邊低語。

「這可不行。」我走下樓梯，撐起緋村。

「不好意思。」緋村額上浮現黏膩的汗珠。

「……抱歉，我要先跑了。」紺野拾起地上的油燈，穿過我們身邊跑上階梯。

「真要說的話，原本我可以不用來幫你們的。」

紺野伸手一推，毫無困難地就將鐵門推了上去。隨著哐啷聲響，雙開門往外側打開，風吹過頭頂，傳來一陣雨打在樹上的嘈雜噪音。

紺野從梯頂往外探頭，左顧右盼。

「……什麼都看不到。」他用一隻手遮住油燈，一邊向四面八方張望。「這裡是……院子的角落。」

正如我所料，通道果然通往外部。我一直想不通，逃走的金崎二郎和母親是怎麼回屋內的？現在終於可以肯定，他們是從這條通路經由地牢回到大廳的。當時一定潛伏在地板下窺看我們的狀況。

紺野望向我們。

「你們如果還要去找鑽石，就請自便。」

丟下這句話，紺野重新揹好背包，從樓梯口往上探身。就在這一瞬間——

轟然巨響。

整個人翻了一圈，紺野從樓梯口往下跌落。油燈也跟著彈跳下來。下墜的油燈撞到牆壁，橫躺在地上。紺野撞擊水泥地的頭轉向我們，在油燈的照射下，看見他額頭上開了一個黑色的大洞。

抬頭往樓梯口看，二郎正咧嘴微笑。從下往上看，那凹陷的臉頰就像鬼魂。他發出歌唱般的聲音說：

「我應該命令過不准逃跑。」

二郎朝這邊伸出一隻手，手上握著槍，槍口還冒著白煙。

「回頭！」

我大聲叫，和拖著腳步的緋村一起跑回通道。背後傳來二郎下樓的聲音。

奔回剛才那個有牢籠的房間，踢到白石的屍體差點跌倒，我仍奮力越過，匆匆爬上通往大廳的階梯。我先上到大廳，桌上的蠟燭已經熄滅，柴火暖爐的火也弱了，大廳裡幾乎接近全黑。接著，緋村也從地下爬上來了。

抓住靠牆放置的架子，緋村說「幫我一把」。

我們用力拉動架子，上面已經壞掉的收音機因震動而掉到地上。將架子對準地下階梯推倒，正探出頭的二郎見到倒下的架子，趕緊把頭縮回去。架子發出太鼓般的巨大聲響倒下，堵住通往地牢的樓梯。原本放在架子上的燈油瓶掉落粉碎，裡面的液體濺得滿地，散發一股燈油味。

地下傳來二郎怒罵的聲音。

「快逃吧。」我對緋村說。

「手電筒呢？」緋村左右張望。

幾乎無光的室內，看不清楚周遭。只有躺在藍色塑膠布的屍體隱約浮現黑暗中。不知是否二郎收拾過，本來在餐桌上的手電筒不見了。

倒地的架子發出喀答喀答的聲音，應該是底下的二郎在推。

我們放棄手電筒，跑過大廳。只能從玄關逃出去了。穿越大廳和走廊之間的門，正想往玄關口跑時，感覺到黑暗中似乎有什麼。視野角落跳出一道黑影。

不假思索避開後，耳邊傳來劃破空氣的「咻」一聲。我倒在地上回頭看，那道黑影往地面一蹬，再度朝我後方的緋村彈跳。

「緋村！」我大叫時已經太遲。

黑影身手如猴子般矯健，縱身一跳撞上緋村。緋村發出哀號倒地。黑影隨即騎上緋村身體，手上揮舞著什麼。在微弱的暖爐火光下，終於看出那是雙手握著菜刀的金崎夫人。

刀刃砍上緋村的瞬間，我抓住夫人的後領，將她用力拉開。刀刃橫過半空，夫人倒在地上。

金崎夫人像顆球一樣在地上滾，發出「呵呵呵呵」的開心笑聲。一邊笑，一邊滾到牆邊，輕巧起身。

紺野曾將她比喻為山姥，這女人確實跟妖怪沒兩樣。

「大、大家都會死呢。」

說著，夫人朝這邊走來。畢竟是自己熟悉的家，即使光線這麼昏暗，她仍走得毫不猶豫。又或許，她有一雙和貓頭鷹一樣在黑暗中也看得清的眼睛。

不知緋村是否被砍中，倒在地上一動也不動。

金崎夫人雙腳滑過地板向我逼近。矮小的黑影，只有鬆弛眼皮底下閃著精光。金崎夫人單手舉起，手上白刃一閃，動作快得教人難以置信。

我躲開夫人的一擊。但後退的腳不知絆到什麼，身體失去平衡，仰倒在地。睜開眼時，一郎滿臉鮮血的臉就在旁邊。

慌忙起身，夫人飛身跳起，朝我落下。我死命伸出手，劇烈撞擊使我整個人翻了一圈。柳刃菜刀的刀尖停在我鼻尖，千鈞一髮之際，我勉強抓住了金崎夫人的手腕。

騎在我身上的夫人反手持刀，用全身重量壓上來，像隻浮躁的猴子跳上跳下。隨著她的動作，刀尖好幾次落在我臉上。金崎夫人張大嘴巴咯咯笑，那雙令人想起爬蟲類的眼珠彷彿無法聚焦，不斷左右轉動。張大的嘴像是裂開一樣，不停發出嗤笑聲。隨著急促的呼吸，噴到我臉上的口氣臭得可比糞便。

我甩不開體型嬌小的夫人，手臂因恐懼而僵硬。抓住夫人手腕的手心汗水流淌。

「鑽、鑽石在哪裡？嗳、鑽石在哪裡？」

夫人不斷反覆質問，身體前後激烈晃動。控制不住跟著搖擺的菜刀，刀刃刺進我的臉頰。

我蜷起身體，從下往上伸腿朝金崎夫人踹。夫人飛起的身體上下翻轉，從我頭上飛過。

我急忙起身回頭察看，只見夫人的身影在半空中轉了一圈，又像什麼事都沒發生過似的落地。

「鑽石在哪裡？那孩子說、說過的……鑽石……」

金崎夫人蹲下來，再次舉起菜刀。

對手不過是個老太婆。明知如此，身體卻不聽使喚。我四處張望，想尋找能用來當武器的東西，但什麼都沒有。這間房間裡有的只是血腥味。不知何時，我的牙齒格格打顫。

金崎夫人靈活地朝我逼近。

背撞上牆壁，才發現自己在無意識中後退。已經無路可退了。

「噠」的一聲，夫人的影子加快速度，我嚴陣以待。

這時，發生了意想不到的事。踏出一步的夫人忽然失去平衡跌倒，我看見她腳下滾過一顆黃色果實。她踩到了那圓滾滾的果實。

我想也不想地一個踏步，抬腿用力踹她的心窩。

夫人身體彎折成く字，整個人往後飛，再用力摔落地面。菜刀脫離她的手，不知掉到何處去了。

我迅速奔向前，朝金崎夫人的身體一陣猛踢。已經不把她當成老太婆了，下手絕對不能留情。夫人結成髮髻的白髮散開，每踢一次，那頭髮就像乾燥的竹掃把拍打地面。踢打之中，女人嘴裡不知鬼叫什麼，原先還不斷掙扎，後來就不再動彈了。我聽見哪裡骨折的聲音，即使如此，還是繼續踢。

「住手。」

背後傳來聲音。

回頭一看，站在那裡的是二郎。與金崎夫人格鬥這段期間，他似乎終於把倒地的架子推開，回到一樓了。

二郎用冰冷的視線看我，手中握的手槍瞄準我的臉。

槍口往下，噴出火花。

一股劇痛竄過膝蓋，我痛得站不住，跪倒在地。低頭一看，長褲破了一個洞，子彈命中我的左膝。

「這次準確擊中目標了呢。」

二郎說著，露出下流的笑容。

悠哉走向餐桌的二郎拿起火柴擦亮，用那小小的火光點亮桌上的蠟燭。大廳內瞬間明亮得刺眼。

「要處理這麼多屍體可是很累人的，原本還想通通交給你呢。」

說著，二郎在椅子上坐下。「可是膝蓋這樣……這下你是無法派上用場了。」

左膝傳來一陣一陣的刺痛。

二郎用誇張的姿態嘆氣：

「……沒有鑽石，不遵守命令，無法幫忙工作……養這樣的你有什麼價值？讓你沽下去有什麼價值？如果還想活命，就好好求饒看看吧。」

二郎從椅子上低頭看我，表情像在炫耀他的勝利。

膝蓋流出的鮮血濡濕了長褲，疲勞迅速蔓延，感覺自己全身無力。連抬起頹坐在地的屁股都使不出力氣。疲憊至極的腦中閃過這幾小時發生的事，這個夜晚簡直是惡夢一場。

我吐出口水，混著血液的唾液飛上二郎的雨鞋。

「不就只是你哥的跑腿嗎……裝什麼了不起。」

我雖然不想被殺，但一點也不想再乖乖聽這傢伙的話了。

二郎眼中掠過陰影，凹陷的臉頰微微顫抖。憤怒地站起來，槍口瞄準我。

「那你就去死吧。」

二郎的手扣下扳機。

真是個亂七八糟的夜晚。雖然沒想到會死在這裡，既然遇上這種夜晚，那也是沒辦法的事。

我閉上眼睛，等待槍聲造訪。

耳邊傳來的，卻是有如陶器被壓碎般的聲音。

睜開眼睛，二郎仍站在原地，臉上是呆滯的表情。他的眼珠往上吊，血管似乎爆裂了，下半部的眼白全染紅。鮮血從左眼頭冒出來，沿著臉頰滑落。接著，二郎的身體朽木一般倒下，橫躺在地。手槍掉落地面，彈跳了幾下。

倒下的二郎頭上生出黑色的樹枝。不、那是鋼製的火耙。火耙的鉤爪深深嵌入他的側腦勺。

「緋村……老弟……」

站在二郎身後的是緋村。

「傷口裂開了……」緋村痛苦呻吟，按住腹部。鮮血從裸露的腹部流出，他腳步不穩地往前走，拉開餐桌邊的椅子跌坐上去。緋村也累壞了，靠在椅子上喘氣。

我忽略左膝的疼痛站起來。只要一用力，就能感覺傷口噴出的血往下流。幾乎只靠右腿起身，拉開緋村旁邊的椅子。

「山吹！」

緋村大叫。

我嚇得回過頭，只見金崎夫人雙手拿著槍，槍口就在我眼前。

她嘻嘻笑著抬頭看我。缺牙的嘴裡，紅色舌頭不時蠢動。凌亂的長長白髮倒豎如火焰。

金崎夫人扣下扳機。

子彈沒有發射，夫人困惑地盯著手中的槍。

滑套已經往後拉。

沒子彈了——

我往前踏一步，用盡全身力氣朝金崎夫人正面揮拳。拳骨傳來這女人鼻骨碎裂的觸感。

金崎夫人嬌小的身軀往後飛，白髮飄揚。重摔地面後又彈跳了幾下，後腦直接撞上木架，傳來木板破裂的驚人聲響。

朝這邊張開雙腿，呈大字形仰臥的夫人只能抬起頭看我。視線游移，下巴顫抖。同時，像被人兜頭淋了一桶水似的，頭上流出大量血液，沿著臉龐滑落。腦門應該裂了吧。很快地，她就無力倒地，頭也垂到地上。

瞬間，膝蓋的劇痛再次來襲。雙腿已經支撐不了自己的體重，我倒在緋村旁邊的椅子上。

桌上蠟燭火光閃爍，感覺格外刺眼。

「抱歉哪。」我對緋村道歉。

緋村默默喘氣，過了一會兒才開口。

「……我到底在做什麼……」

望向他的側臉。他似乎只是自言自語，不是在回應我。他微微靠在椅背上，呼吸紊亂，抬頭仰望天花板。嘴角泛起一絲淺笑，看起來有點像在自嘲。

「……接下來怎麼辦？」我問，緋村緩緩搖頭。

「我不知道……總之，得先找個什麼來穿。」

我們都還裸著上半身。即使如此，我卻不覺得冷，或許是燭台上的火光令人感覺溫暖吧。即使室外仍風聲不斷，卻莫名有種舒適感。深深坐在椅子裡，靠在椅背上，冰冰的很舒服。

我和緋村就這麼坐著，只是注視搖曳的火光。

緋村鐵青的臉看起來比剛才更無血色。脖子上浮現黏膩的汗珠，流下的血濡濕了椅面。他說不定會死。

如果緋村死了，剩下的就只有我一個人。來這裡時明明有一大群夥伴。我恍惚地望向躺在大廳裡的屍體們。

只有灰原的屍體朝這邊轉頭，露出混濁的眼珠。柴火暖爐裡的火已經變得很弱，將灰原的黑眼珠照成橘色。

看著那閃爍的眼珠，我回想今天發生的事。

來到這座山頂前，一切都很順利。毫不費力拿到鑽石，接下來只要按照計畫逃亡就好。和國外收購贓物的業者已經談妥，連現金計價都完成了。就算得分成五份，這次賺到的錢還是夠多。我以為事情進行得很順利，沒想到才幾小時，命運就為之一變，成了現在這副模樣。一切就要結束。

——不、不對。

還沒結束。我轉念一想，搖搖頭。

只要拿回鑽石就好。事到如今，只剩下我們兩人。賺到的錢將分成兩份。以結果來說，比原本好上太多。不只如此，最後倖存的夥伴還正面臨生死關頭，放著不管，他說不定會死。

——要是緋村死了，錢就全屬於我。

不知何處吹進來的風，將燭火吹得微微蠢動。灰原看我的眼睛笑起來。

我心頭一驚，回過神時背脊一陣發涼。剛才自己到底在想什麼？

眼神從蠟燭轉移到地上。金崎夫人和二郎的屍體。用手銬相連的灰原和一郎的屍體。所有屍體的眼睛都睜開，凝視著我。

哪有這種事？

我揉揉眼睛，再睜開看。屍體和剛才一樣，面向別的地方。

剛才是怎麼回事？誰在看著我？

只有灰原的臉依然朝向這邊。失去生氣的眼球黯淡無光。這時，我發現了。那眼珠裡帶有奇妙的色彩，像極光一樣，交錯各種複雜的顏色，一邊變形扭曲，一邊向外擴散。隨意混合的光彩漩渦急速覆蓋我的視野。同時，內心湧現一股難以言喻的不愉快。我想轉移視線，卻怎麼掙扎也辦不到。似乎有什麼侵蝕了我的意識。

自己究竟是什麼人？發自漩渦中心的這句話團團打轉，如洪水充滿腦中。

——山之眼。

宛如從夢中醒來一般，視野忽然復原。

我看向灰原。屍體的眼睛沒有任何變化。失去焦點的視線依然無神對著半空。

坐在身旁的緋村也和屍體一樣無力，視線對著桌上的蠟燭。他的側臉毫無生機，不知是否察覺我的視線，緋村發出乾硬的聲音低聲說：

「所謂山之眼，到底是什麼……？」

我沒有回答。但是，內心已有結論。山之眼確實存在。

緋村靜靜往下說：

「我認為山之眼……確實存在。」

我對著他的側臉問：「……怎麼說？」

「……那一定不只是……單純的妖怪……」

緋村按著遭槍擊的腹部，疲憊的臉對著燭火。然而，他的表情隱約透露著喜悅的神色。

緋村說得沒錯。山之眼不是妖怪。妖怪指的是山姥那種危害人類的邪惡東西，山之眼卻與正邪無關。山之眼不是東西，真要說的話——

緋村開了口：「是一種現象。」

我心頭一驚。沒錯，真要說的話，山之眼是一種現象。看著緋村的臉，他嘴角浮現笑容，眼神凝視半空。蠟燭的火光一閃一閃，照亮他的臉。

「……現象？」我催促他繼續說下去。

「誰都看不見人的心底。醜陋的欲望或自私的願望、卑劣的思考等……其他人是不可能看見的。」

我暗自點頭。任誰心中都有這些東西。無論多清澈的泉水底下，一定也有沉澱的泥沙。每個人內心都有黑暗面，只是別人輕易看不到而已……但是，有人能清楚看見那個。

緋村撇著嘴角補充：

「……可是，有人能看見那個。」

「…………」我差點停止呼吸。

緋村看我一眼，笑意更濃。

「紺野不是說了嗎……山之眼是水之面。靜謐清澄的水面，從那裡看見的，只有倒映的自己。」

沒錯。換句話說，山之眼就像鏡子。強迫自己直視內心醜陋的事物。如果山之眼看起來像是醜陋的欲望，那就是自己的影子。

緋村伸出舌頭舔舐上唇，重複一樣的話。

「換句話說，山之眼就像鏡子。」

我將視線從緋村身上移開。

背上汗水噴發。無法克制愈來愈紊亂的呼吸。緋村朝我轉過來，感受得到他緊迫盯人的視線。

原本只有五人的強盜，曾幾何時多了一個。山之眼。混進我們之中的，究竟是誰——

緋村以含笑的口吻緩緩發問：

「你認為，山之眼究竟是誰……？」

我回頭看緋村，眼前那充滿喜悅的表情，怎麼看都不像瀕臨死亡之人。我做出最後的反問：

「……是誰呢？」

緋村吐出長長的一口氣，他接下來要說什麼，我已經知道了。

緋村回答：

「我就是，山之眼。」

他的眼睛散發斑斕光芒，眼球用力突出，三白眼變形充血。眼白裡的紅色微血管彷彿盛開的不祥彼岸花。

緋村的肚子還在流血，但現在他根本不在乎。

踢翻椅子，緋村猛地起身，朝我伸出雙手。我扭轉身體逃避，偏偏一用力左膝就劇烈刺痛，使我動作慢了半拍。眼看緋村的手纏上我的脖子，用力勒緊。

「鑽石是我的。」

一邊勒緊我的脖子，緋村一邊這麼說。臉漲得通紅，低喃的聲音卻很冷靜。

我無法呼吸，想撥開他的手，掐住喉嚨的雙手卻緊抓不放。我踢動雙腿掙扎，但他身體緊貼著我，根本踢不開。只有餐桌被踢得用力晃動，燭台倒下。

意識漸漸遠離，我朝緋村的肚子伸出手。指尖摸到他汗濕的身體，手指直接插進下腹中槍的傷口。

緋村發出哀號，勒住脖子的手瞬間放鬆。

我立刻朝緋村的肚子踢過去。他的手離開我的喉嚨，我從椅子上站起來想逃，膝蓋卻不聽使喚。腳絆了一下，當場跌倒在地。

我在地板上匍匐，屍體們默默凝視我們的下場。

地板發出嘰噫聲，我知道緋村從後方走來。掉落的燭火似乎延燒到餐桌，照亮地板的橘色火光變得比剛才更強。或許剛才打破燈油瓶時，裡面的液體也飛濺到桌上了。

緋村的影子落在地板上。搖曳火光中的剪影，看起來像跳著詭異的舞。

我回過頭。

緋村站著，低頭看我。背後是燃燒的餐桌。成為一道黑影的緋村，只有眼睛熾紅發光。他一隻手上握著鋼製火耙。這是剛才插在二郎頭上的那根東西，末端的鉤爪還在滴血。

緋村靜靜開口。

「鑽石是我的。」

聽到他一再重複這句話，我從懷疑轉為確信。

「……殺了紫垣的是你吧？」我這麼問，緋村露出笑容。

「那傢伙在洞口漫無目的徘徊，要把他推下去太簡單了……只可惜沒發現他遺留的手槍。」

果然沒錯。殺了紫垣的不是二郎，他是被緋村推下去的。手槍直接掉在洞穴邊，後來被二郎撿走。

緋村雙手握住火耙，慢慢高舉。

人類是愚蠢的生物。只要認定自己不是人，就能拿這個當藉口，輕易脫離正軌。毫不掩飾的人心既脆弱又毒辣。

「緋村老弟。」我發出嘲諷的笑聲問：「你是什麼人？」

依然高舉火耙，緋村停止動作。臉上浮現從夢中醒來一般無邪的表情。

緋村回答：

「我是山之眼。」

緋村是山之眼？不、這當然不是事實。

「快想起來吧。」我凝視他的眼睛，一字一句慢慢問：「現在，你為什麼會在這裡，不記得了嗎？」

瞬間，緋村的表情僵硬，隨即出現困惑的神色。他內心清楚得很。

現在的緋村認定自己是山之眼。然而，他心中一定還有搶奪鑽石時的記憶，也一定還記得那之前計畫搶案的過程。這件工作本來就由他主導，他會記得也是理所當然的事。這樣的自己，不可能是深山裡的妖怪，緋村只不過是普通的人類。

緋村緩緩放下火耙，眼神注視什麼都沒有的空中，嘴裡喃喃說道：

「山之眼是……」

說到這裡，他表情扭曲，臉上滿是懼色。

我等的就是這一刻。

快速爬過地板，右手握住想要的東西。挺起上半身，伸出手，把那東西往前插。

我站起來靠近緋村，低聲說出他剛才說的那句話：

「鑽石是我的。」

緋村看著我。可以強烈感受到，這男人的生命之火正在激烈搖擺。剛才我拿在手上的金崎家柳刃菜刀深深插入緋村胸口，他的生命從這裡漏出，轉眼就要漏光。

緋村口中湧出深色的血，他盯著我，發出呻吟：

「我……我不是……山之眼……」

我知道啊。

緋村的手抓住我，想藉此支撐自己，但身體仍不斷滑落。我低頭看腳邊抽搐的緋村。生命之火還細細燃燒了好一會兒，最後終於熄滅。緋村死了。

我當然知道緋村不是山之眼。

因為，我才是山之眼。

山之眼什麼都不做。只是看著而已。光是這樣，人們就會自己產生恐懼，表露醜惡的內心。

現在也一樣。映在鏡子裡的自己如此醜惡，使我震撼不已。我害怕自己內心深處的邪惡，為簡直不是人的真實自己感到絕望。滑稽的事還在那之後。既然如此，不如認定自己是妖怪吧。只要認定自己不是人，就能接受這一切了。

一旦產生自己不是人的錯覺，那一瞬間，不知為何就會感到安心。經不起考驗的倫理道德就此消失，跟著欲望行動就好。人類似乎認為，只要自己變成超越人類的存在，無論做什麼都能被允許。有了藉口，再殘忍卑鄙的行為，人類都能毫不在乎地做出來。這種藉口有時是宗教，有時是權力，根據人種和身世的不同，每個人的藉口都不一樣。我們只是需要有個理由在背後推自己一把，合理化自己，消除羞恥心。人類就是如此可怕的生物。

燃燒餐桌的火不知何時往窗簾延燒，我望著愈來愈大的火勢出神。心想。天就要亮了。所有人都死了。這麼一來，鑽石只屬於我。鑽石肯定就在這附近，得找出來才行。

我拖著踉蹌的腳步，從緋村屍體旁走開。從血泊裡踩出來的鞋底，在地板上踏出紅色的腳印。這時，腳跟碰觸到什麼。低頭一看，是在火光映照下亮得耀眼的果實。取雪。

我膝蓋一彎，蹲下來。沒有特別的理由，撿起染血的取雪。不用拿到臉旁邊，鼻子就聞到柑橘香氣。

這時，難以名狀的異物感從腦中攀升。

受槍擊的左膝再次疼痛起來，脈動的血流加速了痛覺，每一次疼痛，都挖出內心難以言喻的不安與錯愕。頭好痛，呼吸困難。

好像有什麼事說不通。

我朝火光下的大廳望去。滿地的屍體眼珠都瞪著我，露出責備的眼神。

鑽石是我的？我為什麼想要那種東西？我不是山之眼嗎？

思考的邏輯兜不攏，連我是誰都搞不清楚了。只知道現在自己非常混亂。剛才丟給緋村的問題，現在回到自己身上。我腦中還有白天搶奪鑽石的記憶，既然如此，我怎麼會是山之眼？

目光落在手中的取雪上。散發凜然光芒，閃閃發光，宛如黑暗宇宙中浮現的恆星。取雪純淨的香氣，逐漸淡化腦中的迷霧。

回過神時，死者們遠遠地環繞住我。

白石、灰原、紫垣、紺野、緋村、金崎一郎和二郎。所有人蒼白的臉都正對著我。不該還活著的男人們。

這是什麼？我出現幻覺了嗎？

再次望向手中的取雪。粗糙的果實表面，竟然如心臟脈動一般膨脹收縮。

我像受到什麼吸引，拿起取雪咬下一口。

並非出於思考，身體自然而然做出了這樣的行動。

門牙陷入厚實的果皮，咬破後，嘴裡滿溢果汁。

強烈的酸味刺痛舌頭，柑橘的芳香在口中迸發，穿透鼻腔。

香氣遍及全身的同時，我也從酒醉般的酩酊感中急速清醒。

我不是山之眼。我是人類，是結束一椿工作的強盜。五人中的一人。

忽然想起紺野說的話。

山之眼會以巨大眼珠的造型出現在人類面前。那凝視的眼神，就是映在水面的自己。那是看著自己內心黑暗面的眼神。看到那個的人類就會被附身。

我是從什麼時候開始以為自己不是人類，從什麼時候開始以為自己是山之眼的？什麼時候開始陷入這樣的幻想中？

我回頭看死者們，眼前的景象令我停止呼吸。

「灰原……！」

一個男人，站在那裡。

那個自稱灰原的男人，對我露出毫無心機的笑容。他的脖子裂開，外翻的皮膚下垂。從傷口裡暴露的血管收縮，血液規律噴射。

我茫然望著那男人的臉。直到剛剛，他在我的認知裡還是夥伴之一，現在卻完全是個陌生面孔。

灰原？誰啊？我們的夥伴裡，沒人叫這名字才對。

彷彿海市蜃樓，那叫灰原的男人臉孔扭曲，只有眼珠像放在放大鏡下奇妙地膨脹。情急之中，我閉上眼。車禍之後，醒來時第一個看到的就是這張臉，當時也有一樣的感覺。下一瞬間，那張臉就成為我名叫灰原的夥伴了。

背上滲出冷汗。

雙手握著剛咬一口的取雪，用力壓在額頭上。這東西看起來像能守護我，我用力閉上眼睛。

就這樣過了幾秒，或是幾分鐘。我慢慢地微微睜開眼，一邊發抖一邊抬頭，灰原已經不在那裡了。藍色塑膠布上一郎的屍體手上還銬著手銬，以手舞足蹈的姿勢躺在那。然而，本該與一郎銬在一起的灰原，卻像打從一開始就不存在似的消失無蹤。腳邊是緋村和二郎的屍體，金崎夫人則倒在不遠處的架子旁。地板上到處都有血泊。

不知何時，大廳裡充滿了光。涼透的背部開始覺得熱。

我想起來了。

車禍之後，在車裡醒來時，第一個看到的就是那雙眼睛。那個叫灰原的男人的眼睛。為什麼我會認為這陌生男人是夥伴呢？不只我，在車內恢復意識時，所有人第一個看到的都是灰原。

還有，就在不久前，我認定自己是山之眼。「要是緋村死了就好」這麼想的時候，我看著那個叫灰原的男人屍體，那雙眼睛。

紺野說得沒錯。山之眼是水之面。山之眼就是一面映出自我的鏡子。當我們看見映在山之眼中的醜陋自身，就會開始認定自己不是人，是妖怪。

山之眼不是緋村也不是我。是我們醒來時，第一個看到的那雙眼睛。灰原才是山之眼。那傢伙躺在那裡，一直看著我們。

視線落在緋村的屍體。

我殺了他嗎？

絕望將我內心塗抹成了一片漆黑。

不知不覺中，延燒到窗簾的火舌轉移至牆面，起火範圍愈來愈大，火焰朝挑高的天花板蔓延，發出劈哩啪啦的燃燒聲。大廳的構造發揮煙囪效應，地牢吹上來的風更加強了火勢。

必須逃出這裡。

我拖著受傷的腳，走在屍體之間。每前進一步，左膝都是一陣劇烈痛楚。但是不能停下來。爬在牆上的火焰彷彿追著我而來，伸長的火舌試圖阻擋我的去路。

我在熱風中勉強橫越大廳，抵達通往玄關的門。正要跨上走廊時，我轉過頭。大廳裡站著亡靈般的人影。背對燃燒的火焰，緋村凝視我。

他發出怨恨的低喃。

——為什麼要殺我？

我用力甩頭，握緊取雪，把幻覺趕出腦袋。

我看到的不是緋村，他已經死了。現在看到的不是緋村，只是我的罪惡感。那肯定只是罪惡感的投射。

緋村仍以斷氣時的姿勢倒在地上，伸長的右手像在尋求什麼。看到那個的瞬間，剛才他說的話復甦腦海。

——鑽石是我的。

為什麼緋村會說是他的呢？明明到處都找不到鑽石。

不、不是這樣的。

緋村一定知道消失的鑽石在哪裡。正因為他知道，才想要獨佔。為什麼呢？我想，他大概就是奪走鑽石的人，並且藏在了什麼地方。

至今發生的事，接二連三跳出腦海，如蛇行的閃電，將一切連繫起來。

我轉身再度踏入熊熊燃燒的大廳。

傷口的痛楚使我無法隨心所欲行動。咬緊牙根，勉強雙腿抬起、前進。沿著牆壁延燒的火焰迅速提高室內溫度，火星落在裸露的肩頭。

緋村屍體伸長的手，指向倒地的架子，也就是通往地牢的階梯。那裡吹來的風，為大廳供給新鮮的空氣。

我把身體塞進階梯，一邊下樓一邊轉頭看大廳。倒在火焰中的緋村屍體盯著我，只有嘴巴動著，像在指責我。

——是你殺的。

「不是我！」

我大叫，視線從緋村身上移開。那不是出於我的意志，是山之眼。是山之眼幹的好事。

護著疼痛的腳，我逃也似的來到地下室。

白石的屍體躺在牢籠前。樓上的火已經燒到地下，微弱火光照亮他的背。

回想起來，緋村一直很在意這傢伙的屍體。

——請小心一點推。

——對他客氣一點！

我蹲在屍體前，把身體翻成仰躺姿態。白石的臉看起來浮腫，原本以為是死去後長時間倒在地上的緣故。看起來像是失血造成的腫脹，其實錯了。

一開始就覺得奇怪。

車禍後，最後一個離開車輛的人是我。那時，緋村為了確認周遭的狀況，和紺野離開車禍現場。當時，最重要的手提箱還連在我手上，他卻把我留著就走掉了。這不像是行事謹慎的緋村會做的事。無論如何，他都該以鑽石為優先才對。那時候，緋村肯定已經知道鑽石不在那裡了。所以才敢暫離現場。

另一個引起我疑心的，是緋村的態度。

剛才紺野幫助我們離開地牢時，那傢伙要我們丟下他自己先走。甚至說要幫我們絆住二郎拖延時間。無論身處任何狀況，緋村那傢伙都不是會犧牲自己的人。一定有什麼原因，讓他想單獨留在屋內。

既然如此——

我將手指伸進白石嘴裡。大概因為屍體已經開始僵直，下巴硬得扳不開。我兩隻手都插進去，用力撬開白石咬緊的牙齒。僵直的肌肉慢慢不再抵抗，白石的嘴巴如裂開般大張。

右手伸進去，指尖摸到口內黏膜。我的手指一路插入喉頭，很快地，食指就觸碰到堅硬的物體。手指彎起來摳那硬塊，東西就從白石嘴裡吐出來了。

在這！

從屍體口中吐出的東西，正是八十克拉的鑽石。來自大廳的火光照映下，鑽石燦爛生輝。原來鑽石一直在這裡。緋村一定是情急之中把搶來的鑽石藏在白石嘴裡了。

將鑽石塞進褲袋，我站起來。

白石瞪大的眼睛望著我。大張的嘴裡，紫色舌頭像擁有獨立意志的生物般蠕動。

蒼白無血色的嘴唇扭曲，說著——

——山之眼什麼都不做。

我從兩個牢籠旁走過，踏上通往戶外的通道。

山之眼什麼都不做？才沒有這回事。殺死緋村非我本意，是那邪惡的傢伙操縱我做出的好事。難道你想說我是在利慾薰心之下殺死夥伴的嗎？沒有這種事！

來到通往地面的階梯前，那道雙開鐵門依舊保持敞開。外面流進來的空氣接觸臉頰。

樓梯下方有紺野的屍體。額頭上是射穿的彈孔，懷裡抱著紺野視為寶貝的後背包。我從屍體上剝下背包，拉下拉鍊確認內容物。裡面裝的東西跟我想像的差不多。揹起裝滿鈔票的背包，抬起受傷的腿，我開始爬樓梯。痛得冷汗直流。

背後傳來人的氣息。低頭一看，階梯下方的紺野上半身挺起，抬頭對我說。

——山之眼，是水之面。

我把自己的身體推上階梯，像在搬運沉重的行李。

從雙開鐵門探頭出去，映入眼中的是金崎家雜亂的院子。黑夜已經遠離，院子裡充滿清晨的微光。那輛白色小貨車就停在旁邊，原來地下通道連結的是庭院角落車庫那一區。

我爬出階梯，強忍疼痛往前走。從宅邸冒出的火光，照亮泥濘積水的地面。眼角餘光瞥到我們開來的車。五人座汽車。紫垣像一股熱靄，晃晃悠悠地站在我面前。

他的視線刺痛了我，但我視若無睹，繼續前行。

紫垣說：

——山之眼，正在看著。

我聽見的是妖術。那只是幻聽。這麼說服自己。

不回頭，忍住痛楚，只是一股腦地動腳往前走。腳拖在地上，前進速度很慢，但也總算走到生鏽的大門口。地面上，鐵門欄杆的陰影搖曳。

這時我才第一次回頭往後看。金崎家已被火焰吞沒。三角屋頂最高點仍突出火焰之上，但一轉眼也會被大火吞噬吧。火光照亮的院子裡沒有人，吞下眾多屍體的宅邸即將燒毀。

我背轉過身，向前走。

沿著從金崎家通往公路的斜坡往下走。把白石的屍體放上單輪拖車，沿著坡道往上走的情景，彷彿已經是好久以前的事。砂礫如荊棘，刺痛赤腳的腳跟。下了斜坡，經過那條岔路後，就要回到翻山越嶺的公路了。

盤旋頭頂的闇夜，在不知不覺中轉變為群青色的天空。儘管仍覆蓋著濃密的雲層，東山逐漸發白。清楚看見龜裂的柏油路面，天要亮了。

往前看，道路前方埋在土石流下。前方的地面散落金屬和玻璃碎片。那是我們的車翻覆的地點。即使逃回這裡，一切也無法恢復最初。不可能重來。明知如此，我只能盡可能逃到自己去得了的地方。

氣喘起來，頭暈目眩。腳尖麻痺，腿漸漸失去感覺。我丟下背包，倒在地上。攤開手腳躺在地上，仰望天空。視野角落的樹木似乎正配合著我的心跳搖晃，呼吸困難。

那顆道祖神岩石映入眼簾。紺野說是刻了阿比留文字的石碑。紺野還說，就是因為這顆石頭塌下了，山之眼的封印才被解除。他說的應該是真的吧。這顆道祖神封印了山中妖魔。明明只是昨天的事，感覺起來像發生在久遠的從前。白天，金崎一郎指著石碑說「只有這裡刻的地名是日文漢字」。

那兩個漢字是「灰原」。大概是這座山巔的地名吧。

這才發現，那顆取雪果實還在我右手中。咬了一口之後，一直握在手上沒放。我把它朝泥土丟。

我們是從哪裡開始搞砸的？

調整呼吸，等待思考穩定下來。

從口袋裡拿出鑽石。

舉在眼前，鑽石本身散發白亮的光輝。

我用不靈光的頭腦重新思考。沒有失敗。就算一切能夠恢復原狀，我也不要重來。現在這樣就好了。我這麼想。

這時，聽見誰的聲音。

——如此不堪。

我撐起身體，左右張望。

暴風雨剛離去，這種深山裡不可能有人。發白的天空下，映入視野的只有泥濘、岩石、毀損的柏油路和在欲走還留的風中搖曳的樹木。

那個誰又說了。

——既生恐懼，又放不下嗔痴，唯貪婪之心漸深。

閉嘴、閉嘴。

——人類之不堪，著實有趣。

灰原……不、山之眼站在那裡。以只有眼珠的姿態。

為什麼，我都已經逃到這裡了，為什麼還要追上來？

那傢伙凝視著我。

中央的眼瞳收縮，眼球本身卻不斷增大、膨脹，大小甚至超越我的身高，還在不停擴大。彷彿有一個新的次元爆發，巨大的眼珠遮蔽了全部視野。

視線看穿了我。那是純粹的好奇心。在壓倒性的視線束縛下，我連指尖都動彈不得。痛覺好像消失了，槍傷的膝蓋一點也不覺得疼痛。另一方面，卻也清楚感受到那視線中的邪惡，醜陋得教人無法正視。然而，那是我自己凝視自己的視線。潛入自己之中的另一個自己。那傢伙用巨大的眼睛凝望我，奪走我全身的力量，連呼救的聲音也發不出。

這時，地面有什麼在發光。

是取雪。

封印山之眼的黃色果實。

我倒在地上，用盡力氣朝果實伸手。伸長的右手碰到取雪。我用指尖抓啊抓，好不容易將它握在手中。剛才咬破的果皮裂縫處，露出濕潤的果肉。感覺全身的力量都恢復了。

腦中浮現紺野說的話。

——對山之眼來說，取雪就相當於那個，也就是山之眼的弱點啦。

我站起來，移動不聽話的雙腿，連滾帶爬地向前跑。

我該拿這顆取雪怎麼辦？

——那就塞進眼珠裡啊。

遮蔽視野的巨大眼球虹膜顫動。

我高舉取雪，朝山之眼伸出手。抓住取雪的右手毫無阻力地埋進眼球。像水滴落在水面，黑色眼瞳泛起大圈漣漪。

——瞬間的沉默之後，山中響起吶喊的聲音。

那聲音就像好幾匹狼同時朝遠方吠叫。早晨清新的空氣為之振動，妖怪的吶喊在樹林間傳播。同時，無數光箭朝這附近落下。山峰之間升起的朝陽散發光芒，於雲間一口氣釋放。炸裂的光芒充滿我的視野，使我為之目眩，意識飛散。

不知何時我閉上了眼睛。什麼都聽不見，不、至少還聽得到自己的呼吸聲。我慢慢張開眼睛。

山之眼消失了。

我茫然頹坐泥地上。頭上傳來小鳥吱喳的聲音。空氣冰涼，身體卻很溫暖。帶有濕氣的風撫過赤裸的上半身，從我身旁吹過。

結束了嗎？

攤開緊握的手。

八十克拉的璀璨鑽石還在。

和夥伴們一起得到的寶石，如今確實在我手中。然而，夥伴已經都不在了，今天早上，只剩下我獨自一人。

這個結果肯定是沉澱在我們內心深處的欲望所造成。山之眼只是看著而已。那巨大眼中映出的是邪惡的自己。受自己的欲望陰影所困，人們擅自上演了一齣愚昧的戲碼。山之眼就只是看著而已。什麼都不做。

我望向鑽石。根據光學特性切割的多面體，反覆折射陽光，精雕細琢的表面滿是耀眼光芒。

然而，無論凝視這顆鑽石多久，現在的我一點也不心動。不惜殺害夥伴也要拿到手的這顆透明碳結晶，不知為何看起來非常無趣。

我獨自一人，在杳無人跡的早晨山中緊握這顆石頭，半裸頹坐在地。多麼滑稽的樣貌。就算不是山裡的妖怪，無論誰看到這可悲又愚蠢的生物，一定都會覺得好笑。

快速飄動的雲朵之間，露出朝天頂攀升的朝陽。日光照射山間，形成一束一束白色的光線。

我膝蓋用力，想站起來，身體卻不聽使喚。只能悽慘地趴在地上，勉強挺著腰起身。

總之先走吧。現在能做的也只有這個了。

我正想踏出一步，又停止動作。

取雪掉在那裡。那個封印山之眼的果實。剛才我不是塞進妖怪眼裡了嗎？

不知為何，感覺像被人從背後潑了一桶冷水。感受到某處傳來不吉的視線。我動彈不得。

取雪像有自己的意志，在泥土裡翻滾。咬破的果皮開口處朝我這邊轉過來，裡面似有什麼蠢動。

那是人類的眼睛。有人從黃色取雪的裂縫中向我窺看。彷彿從異世界的偷窺孔看過來的眼神。黯淡的膚色，淺淺的雙眼皮。連夾雜白毛的眉毛都看得見。毫無疑問，那是我自己的眼睛。

山之眼正看著！

為什麼？剛才的吶喊聲難道不是妖怪臨死前的哭號嗎？我都讓牠吃下取雪了，為什麼？跟避邪的菖蒲一樣，取雪不是山之眼的弱點嗎？紺野說過的啊。金崎二郎不也說過類似的話嗎？他說取雪樹是從前的人為了封印山之眼而種下的。不對，他是怎麼說的？

——那棵取雪是從前人們為御眼大人而種的。

二郎的話鮮明浮現腦海，我一陣愕然。他說的不是「為封印而種下」。為御眼大人種下——意思是，「為山之眼種下那棵樹」。如果這才是正確的意思——紺野，你是不是搞錯了很重要的事啊？

如果說道祖神是守護人類不受疫病與惡靈侵害的神，那麼那顆岩石的作用或許真的是封印山之眼。可是，取雪呢？

剛才，我以為山之眼追的是從宅邸逃出的我。可是，或許不是如此。牠追的說不定是取雪。

車禍發生後，自稱灰原的男人——山之眼出現。解除了道祖神封印的山之眼，說不定是在追碰巧插入我們車內的取雪樹。所以我們才會被牠附身。

取雪不是山之眼的弱點，山之眼根本不討厭取雪，反而很喜歡。種下取雪樹為的不是封印山之眼，而是用牠喜歡吃的東西，誘使牠留在那個地方。這一定才是取雪樹真正的作用。

金黃色果實中，另一個我的眼睛露出卑鄙的笑，噁心地扭曲。那實在太醜陋了，連自己也看不下去，我轉移視線。

得逃出這裡才行。我這麼想，卻連這願望也無法實現。

因為背上傳來貫穿身體的劇痛，使我僵立在原地。

無法呼吸。我死命想吸到空氣，但才剛吸入的空氣，轉眼又從不知哪裡漏光了。手往背後伸，摸到一個堅硬的物體。試著轉頭，眼角餘光瞥見柳刃菜刀的刀柄。插在我背上的刀貫穿肺部，我努力把手繞到背後想拔掉刀，但怎麼也搆不到。

無法吸到足夠的氧氣，我開始喘氣。這是從來沒經歷過的痛苦滋味。

黑幕慢慢侵蝕視野，在不斷失去的光中，看見踩著輕快腳步遠離的嬌小身影。

我要死了嗎——

這是理所當然的結局。人類互相傷害，自取毀滅。愚蠢的人類終將走上這條末路。

山之眼現在一定也看著吧。

金崎之章

小窗外是亮藍色的遼闊天空，剛昇起的朝陽將千絲萬縷的細長黑雲染成橙色。暴風雨的殘渣隨西風不斷流失，重現晴朗天際。

我搭乘的救難直升機在同一個位置持續停留了一段時間。起初覺得吵死人的螺旋槳聲，不知不覺也聽習慣了。

一位身穿橘色制服的救難隊員從敞開的機艙門邊探身，往下察看地面狀況。這麼高居然不害怕。聽其他隊員剛才喊他「機工長」，這大概就是他的職務吧。

眼下是一大片森林覆蓋的群山。穿越山間的道路，有一部分被紅褐色的沙土掩埋。這些被掩埋的道路周圍還有幾道昨夜豪雨積成的水流。道路崩坍處形成直立的懸崖，水流就從那裡落入谷底，宛如瀑布。

在太陽光照射下，水流閃閃發光。其中，有一個特別耀眼的光點，發出燦亮的光芒朝谷底落下。

暴風雨過後的景色總是這麼美。我陶醉地眺望地面的模樣。

之前從直升機上用繩索垂下的擔架，現在正與支撐它的救難隊員一起被拉上來。

機工長語帶緊張地說：

「上升中。離滑橇還有五公尺，繼續維持這個高度。」

「了解。」透過廣播聽到機長回應的聲音。

「還有一公尺……通過滑橇。」

吊上來的擔架橫在直升機的艙門邊。

「剪斷誘導繩索，無接點，從頭部移進來，動作慢一點。」

在機工長的指示下，隨擔架一起吊上來的救難隊員轉動擔架方向，將擔架慢慢推進機艙內。

「收納完畢。」機工長說。

我這才看到躺在擔架上的母親。

「媽媽。」我把臉湊向母親耳邊。「有沒有受傷？」

才問完就後悔了。別說受傷，近看母親的臉，不但鼻骨折斷，嘴角還有擦拭過的血跡。白髮也被血染成深色，一定有人痛打了她一頓。對這麼老的女人也下得了手，到底是多兇惡的壞人啊。我心都碎了。

母親堅強地微笑，呼喚我的名字。

「翠、翠翠花。」

額前濡濕的白髮黏在母親臉上，幸好她表情開朗，臉色也還算好。至少沒有性命危險。

「很痛吧，媽媽？好可憐。」

「嗯。」
「哥哥他們呢？」
「死、死了喔。」
我發出驚訝的叫聲。
「死了？兩個人都死了？」
「嗯。」母親點頭。
母親不會說謊。
怎麼會這樣？哥哥們居然都死了。不知道是怎麼死的。雖然他們都不是什麼好東西，既然要死，怎麼不讓我看一下那兩個傢伙臨死的樣子。
我在母親耳邊低語：
「……帶鑽石的那夥人有來嗎？」
母親微笑回應：
「我刺了、他的背喔。」
說著，母親將交握在胸前的雙手打開，手心發出白色的光芒。我看過這個，八十克拉的璀璨光輝。我用雙手包住母親的手隱藏。
「太棒了。」

母親的手被血染髒。但那大概不是她自己的血，應該屬於刺殺的對象吧。比起兩個沒用的哥哥，果然只有母親最可靠。

哥哥們平常對我唯命是從。負責監視的母親，會將他們的一舉一動全部報告給我。要是沒有遵守我的命令，或是做出愚蠢的行為，我就會好好教育他們兩人一番。不枉費我如此的苦心，一直以來，他們倒也能完成最低限度的工作。

在我的暗示下，那五個強盜果真選了翻越那座山頭的逃亡路徑。知道颱風造成道路坍方時，我還以為這次要做白工呢。不過，他們似乎在坍方前就平安抵達這裡了。

把情報賣給他們時，我已察覺他們的目的是這顆鑽石。我也想要鑽石。既然如此，不如先讓他們行搶，再從他們手中橫奪。順利的話，警察或任何人都追查不到我們。

我從那個男人——昨天戴川普總統面具的那傢伙……對、白石身上若無其事地打聽。另一個叫紫垣的高個子比想像中正直，白石這傢伙就好搞定多了。我是不知道他當過牧師還什麼啦，但這傢伙個性死板，不知變通，是個無聊的男人。不過，愈是這種人，對女人愈沒有免疫力。一聽到我說以後見不到面會很寂寞，白石馬上就洩漏了情報。他們似乎計畫搶走鑽石後立刻離開關東，朝關西方向逃逸。於是，我建議他走翻越灰原山嶺的路徑。我說擔心他被警察抓到，親了他的嘴。值得慶幸的是，這傢伙毫不懷疑地相信我，強烈要求夥伴們走這條路。

哥哥們平常總在半夜隨機襲擊路過的車輛，這次可絕對不能搞錯對象。所以我把車子的型號、車牌號碼和差不多會經過的時間鉅細靡遺地告知他們，做出詳細的指令。對手有五個人，就算一如往常放置倒刺路障令車子爆胎，沒做好準備就上前襲擊的話，對方抵抗起來也是很麻煩的事。我不忘提醒哥哥，最好將他們騙到家裡，一個一個解決。至於強盜們搶來的值錢東西是什麼，我只告訴母親一人。最後，搶奪的任務成功了。

既然沒看到那五個強盜，就表示他們不是被哥哥殺死，就是已經逃走。如果是被哥哥殺了，還真想看看他們是怎麼死的。

「……不過，這也沒辦法。」凡事皆不可強求太多。

這時，有人說了話。

「令堂意識還清楚嗎？」

抬起頭，圍著擔架的三名救難隊員正看著我。戴著安全帽，看不清他們的眼睛。

我微笑回應：

「是啊，她好像沒事。謝謝各位的幫忙。」

「這個……」其中一位隊員遞上粉紅色的背包。「是令堂身上的東西。」

這確實是母親的背包，我收下來，心想她為什麼要帶著這種東西出來？裡面不知裝了什麼，拿在手裡沉甸甸的。姑且放在一旁。

我現在心情很好。

兩個哥哥既然死了，那個家就由我來繼承，金崎家是我的了。老實說，繼承那棟山裡的房子也沒什麼好處。不過，現在我手上已經有了耀眼的大筆財富，往後只要和母親兩人開心過日子就好。多麼美妙的早晨啊。

駕駛座的機長用無線對講機和另一端聯絡。

「任務順利完成，目前機上有機組員與傷患共六名人員，準備朝醫院方向飛近。」

無線對講機傳來另一端訝異的回應：

「——呃……請問傷患共有幾名？」

「一名。另有一名家屬陪同搭乘。」

「再次確認——」對方的聲音明顯困惑。「機上有一名傷患，一名家屬，共兩位一般民眾是嗎？」

「對。」

「——這樣的話，機上人員總計應為五名。了解。」

機長關閉無線對講機，側臉露出苦笑。

「……那傢伙算術好像很差耶，明明就是總計六名。」

駕駛座上的機長，後座的三名救難隊員，加上我和母親。沒錯，機內確實有六個人。

忽然覺得怪怪的。

即使母親躺在擔架上稍嫌佔空間，機艙內還是感覺太狹窄了。後座原本就有三名救難隊員嗎？

螺旋槳發出轟隆巨響，直升機開始移動。

不知是否雲層遮蔽陽光的關係，機內變暗了。

「金崎小姐，可否請教一下……」一位隊員小心翼翼開口。

「什麼事？」

「為什麼令堂要把那顆橘子當寶貝似的抱在懷裡呢？」

我望向母親的手。

不會吧！

握在母親手中的不是鑽石，是一顆閃耀金黃光芒的柑橘果實。
我抬起頭。
巨大眼睛凝視著我，像在評鑑什麼。

（完）

春日
ハルヒブンコ
文庫
133

多出來的第六人

やまのめの六人

多出來的第六人/原浩作；邱香凝譯. -- 初版. -- 臺北市：春天出版國際文化有限公司, 2023.09
面；　公分. -- (春日文庫；133)
譯自：やまのめの六人
ISBN 978-957-741-736-7(平裝)

861.57　　112013355

ISBN 978-957-741-736-7
Printed in Taiwan

作　　者　原浩
譯　　者　邱香凝
總 編 輯　莊宜勳
主　　編　鍾靈

出 版 者　春天出版國際文化有限公司
地　　址　台北市大安區忠孝東路4段303號4樓之1
電　　話　02-7733-4070
傳　　眞　02-7733-4069
E－mail　bookspring@bookspring.com.tw
網　　址　http://www.bookspring.com.tw
部 落 格　http://blog.pixnet.net/bookspring
郵政帳號　19705538
戶　　名　春天出版國際文化有限公司
法律顧問　蕭顯忠律師事務所
出版日期　二〇二三年九月初版

定　　價　390元

總 經 銷　楨德圖書事業有限公司
地　　址　新北市新店區中興路二段196號8樓
電　　話　02-8919-3186
傳　　眞　02-8914-5524
香港總代理　一代匯集
地　　址　九龍旺角塘尾道64號 龍駒企業大廈10 B&D室
電　　話　852-2783-8102
傳　　眞　852-2396-0050